LE SAGE DE GERONYA

DU MÊME AUTEUR
CHEZ LE MÊME ÉDITEUR

N° 1 : LA HACHE DE BRONZE
N° 2 : LE GUERRIER DE JADE
N° 3 : LES AMAZONES DE THARN
N° 4 : LES ESCLAVES DE SARMA
N° 5 : LE LIBÉRATEUR DE JEDD
N° 6 : LE MAUSOLÉE MALÉFIQUE
N° 7 : LA PERLE DE PATMOS
N° 8 : LES SAVANTS DE SELENA
N° 9 : LA PRÊTRESSE DES SERPENTS
N° 10 : LE MAÎTRE DES GLACES
N° 11 : LA PRINCESSE DE ZUNGA
N° 12 : LE DESTRIER DORÉ
N° 13 : LES TEMPLES D'AYOCAN
N° 14 : LES RÊVEURS DE XURA
N° 15 : LA TOUR DES DEUX SAGESSES
N° 16 : LES MERS DE CRISTAL
N° 17 : LES CHASSERESSES DE BREGA
N° 18 : L'ÉCHIQUIER VIVANT DU HONGSHU
N° 19 : LES RAVAGEURS DE THARN
N° 20 : LES BARBARES DE SCADOR
N° 21 : LES CONSACRÉS DE KANO
N° 22 : L'EAU DORMEUSE DE DRAAD
N° 23 : LES CINQ ROYAUMES DE SARAM
N° 24 : LES DRAGONS D'ANGLOR
N° 25 : LA TRIBU ROUGE DES KARGOIS
N° 26 : LES ANDROÏDES DE MAK'LOH
N° 27 : LA COURTISANE DE DAHAURA
N° 28 : LE MAGICIEN DE RENTORO
N° 29 : LE TYRAN DE TARGA
N° 30 : LE MALÉFICE DU NGAA
N° 31 : LES GLADIATEURS DE HAPANU
N° 32 : LES RÉVOLTÉS DE MYTHOR
N° 33 : LA FORÊT CARNIVORE DE JAGHD
N° 34 : LES DESCENDANTS DES MAÎTRES DU CIEL
N° 35 : LES SEPT DUCHÉS DU FLEUVE CRAMOISI
N° 36 : LA VENGEANCE DU MAÎTRE DU CIEL
N° 37 : LA CAVERNE DE L'IDOLE
N° 38 : LES AÉRIENS DE K'TAR
N° 39 : LES DIEUX DE LA MORT LENTE
N° 40 : LES MANGEURS D'HOMMES D'ILETROIS
N° 41 : LES CHEVALIERS-DRAGONS DE KHARM

Nº 42 : LES ADORATEURS DE DSCHUBBA
Nº 43 : L'EMPEREUR DE WORAD
Nº 44 : LES HORDES DU GRAND OCÉAN
Nº 45 : LES LÉGIONS DE KORUM
Nº 46 : L'ÉMERAUDE DE JOKKUN
Nº 47 : LES DEUX REINES DE DRAKO
Nº 48 : LES ZOMBIES DE VIKKA
Nº 49 : L'AMBASSADRICE DES KHUNS
Nº 50 : LE PROPHÈTE FOU DE DRYDEN
Nº 51 : LE FIEF DE CIPANG'HO
Nº 52 : LES PRÊTRES-ROIS DE TARKOS
Nº 53 : LES BERSERKERS DU PAYS-ROUGE
Nº 54 : LES HORDES DE PIERRE
Nº 55 : L'ENVOYÉ DE MICTAN
Nº 56 : LE COMBAT
Nº 57 : LE COMPLOT DES SIN'KAS
Nº 58 : LES SÉQUESTRÉS DE RHIVA
Nº 59 : LE TRAÎTRE DU JEHOL
Nº 60 : LES CYCLOPES DU DIEU SERPENT
Nº 61 : LE GRAND MAÎTRE DE VIE
Nº 62 : LA DIMENSION APOCALYPSE
Nº 63 : LA CITÉ DES FEMMES-CLONES
Nº 64 : LA REINE DES OMBRES
Nº 65 : LE CENTAURE D'ABYSSIA
Nº 66 : L'ARBRE SACRÉ DE SERENDAH

JEFFREY LORD

BLADE

LE SAGE DE GERONYA

PRESSES DE LA CITÉ
PARIS

ISBN 2-258-02852-3
ISSN 0395-7780

CHAPITRE PREMIER

— *Amore !*

Richard Blade ne répondit pas. La main de Renata était posée sur la sienne. Elle était tiède et douce comme un plumage de colombe. Comme l'était tout le corps de Renata. Une splendide Romaine rencontrée trois jours plus tôt à une terrasse de Piazza Navona. Il était alors plus de dix heures du soir et, étrangement las pour un début de vacances romaines, Blade venait de commander son Hennessy-glace d'avant coucher. Bien décidé à dormir un tour entier de cadran.

Ce qu'il aurait fait sans la fabuleuse rencontre de Renata.

Accompagnée par deux superbes mâles, bronzés, dents blanches et crinières de lions, elle était incidemment passée devant la table de Blade au moment où le garçon versait avec componction le Hennessy dans son verre plein de glaçons.

— Vous êtes français ! s'était alors exclamée la belle apparition.

Dans le merveilleux français chantant que seuls les Italiens savent parler si joliment. Blade avait souri, l'avait détrompée et, plantant là ses compagnons qui étaient allés bouder à une table éloignée, elle lui avait demandé la permission de s'asseoir près de lui. Un peu estomaqué, il avait évidemment accepté et elle lui avait aussitôt expliqué... dans un anglais parfait, qu'elle travaillait dans le cinéma et qu'elle cherchait tout un tas de comédiens pour un grand film historique. D'où la présence à ses côtés des deux play-boys latins. Elle lui avait demandé s'il voulait jouer dans son film, avait esquissé une petite moue désolée quand il avait décliné l'offre. Pour se faire pardonner, il l'avait initiée au plaisir subtil du Hennessy-glace et... ils ne s'étaient endormis qu'au petit matin...

Après une nuit d'amour sublime. Et très fatigante.

Etonnamment épuisante. Au point que Blade s'était demandé s'il n'était pas en train de couver quelque chose. Mais sa dernière mission à Serendeh (1) était encore toute récente et il en avait conclu qu'il ne s'agissait que des séquelles de cette dernière. Des séquelles qui semblaient durer plus que de raison. En effet, depuis quelques jours, il se sentait bizarre. Comme si son corps s'était peu à peu fait plus lourd et moins résistant.

D'où ces courtes vacances que J, le vieux chef

(1) Voir *l'Arbre de Serendeh :* Blade n° 66.

du M16, son « patron », lui avait conseillé de prendre.

— *Amore ?*

La main de Renata était toujours posée sur la sienne, mais il avait du mal à quitter cet état d'étrange préoccupation que lui causait son état. Il n'était pas dix heures du soir et il se sentait déjà fatigué.

Inquiétant.

Attablés à la célèbre terrasse du *Santini,* piazza Santa Maria in Trastevere, ils attendaient d'être servis en dégustant un Moët et Chandon millésimé idéalement frappé. Seul breuvage, selon la belle Romaine, digne d'arroser avec le panache requis le homard Thermidor qu'ils avaient commandé. Blade était d'accord sur ce point. Mais, curieusement, il n'éprouvait qu'un plaisir contraint à cette soirée qui s'annonçait pourtant plus qu'agréable. Renata était une convive idéale, le Moët était excellent et l'ambiance capiteuse du Trastevere, le quartier *in* de Rome inclinait au romantisme.

— *Amore !* s'inquiéta soudain la belle Italienne en se penchant vers Blade. Quelque chose vous tracasse ! Je le sens.

Il lui adressa un sourire chaleureux, baisa le bout de ses longs doigts parfumés et secoua négativement la tête.

— En votre compagnie, rien ne saurait plus me tracasser que l'idée de vous déplaire.

Il faisait un peu fort. Exprès. Comme pour secouer lui-même cette désagréable torpeur qui l'envahissait peu à peu. Il n'avait été dans cet état qu'une seule fois. Au cours d'une mauvaise grippe, asiatique ou indienne, qui l'avait laissé sur le carreau quelques années plus tôt. Mais là, il en était sûr, aucune grippe n'était à incriminer. Même pas le plus petit rhume de cerveau. Rien. Rien d'autre que cette étrange et inquiétante lassitude qui s'était emparée de lui dès sa descente d'avion à Leonardo da Vinci Aeroporto. Comme si le climat de l'Italie s'était soudain révélé néfaste à sa santé. Ce qui était évidemment absurde. D'autant qu'à la suite de sa mission à Serendeh, il avait enfin consenti à subir tout un tas d'examens de santé. Un check-up préconisé avec insistance par lord Leighton, le vieux génie acariâtre qui présidait aux très secrètes destinées du fameux Projet DX. De longs et fastidieux examens effectués dans une clinique très privée qui, le cas échéant, soignait en secret certaines blessures de certains agents d'un certain Service. Le M16.

Des examens qui n'avaient évidemment dépisté aucun mal chez cet athlète surentraîné qu'était l'agent très spécial Richard Blade.

— Vous ne vous sentez pas bien, Richard ?

Cette fois, les grands yeux gris-bleu de la Romaine étaient voilés d'inquiétude. Dans la lumière des chandelles, une lueur incrédule y dansait. Blade se serait battu.

— Tout va bien, sourit-il. Seulement un peu fatigué.

Cette fois, ce fut un éclair amusé qui passa dans les magnifiques yeux gris-bleu. Leur dernière nuit avait été tout à fait mémorable.

Malgré son « état », Blade avait fait montre d'une belle énergie et, si les cernes bistres qu'il avait fait naître sous les yeux de la Romaine s'étaient estompés depuis, c'était à la fois grâce à sa jeunesse triomphante et à son... maquillage du soir.

— *Si, amore,* souffla Renata dans un sourire complice. Cette nuit, nous dormirons.

Blade n'avait jamais essuyé pareille vexation. Une des plus belles femmes de Rome avait eu le coup de foudre pour lui et il ne trouvait rien de mieux à lui offrir que d'être fatigué ! A la fois crucifiant de honte et révoltant. Il remplit les coupes de Moët et, en voyant arriver enfin le homard Thermidor, il se promit d'aller consulter un médecin dès le lendemain.

Décision qu'il n'avait pas prise depuis des années.

Durant tout le dîner, il veilla farouchement à paraître enjoué, rit aux plaisanteries de Renata, lui offrit une rose et proposa de l'emmener danser. Mais la jeune femme refusa et ils regagnèrent son superbe appartement en terrasse de la via del Babuino, sous les jardins de la Villa Borghese. Ils y firent l'amour plus calmement que la veille. Avec une tendresse qui ravit la jeune femme et qui la laissa pantelante, endormie dans ses bras. Mais dans le noir, au lieu de plonger dans le sommeil qu'il avait cru proche, Blade restait maintenant éveillé, tenaillé par une étrange et sourde inquiétude.

Il était bizarre.

Non seulement, son corps jusqu'alors formidablement tonique semblait pris d'une incompréhensible lassitude, mais, en plus, son mental habituellement inébranlable paraissait suivre le même processus. Des pensées moroses lui traversaient l'esprit et il se sentait parfois pris de brusques assauts de nostalgie. Etat psychologique incohérent qu'il n'avait encore jamais connu. Et puis cette impression saugrenue ressentie ces trois derniers jours. Comme le sentiment d'être épié, suivi au cours de ses déplacements en ville. Juste une impression. Il avait sacrifié aux manœuvres apprises de longue date pour déjouer les filatures éventuelles. En vain. Personne ne s'accrochait à ses pas. Ou alors, c'était le meilleur professionnel du genre.

Il devenait parano !

Cette nuit-là, il dormit peu, d'un sommeil agité qui le laissa encore plus fourbu le lendemain matin. Pas vraiment inquiet mais très préoccupé, il prit rendez-vous avec un éminent professeur, ami de Renata, qui officiait à sa clinique de la via Piave, près de la Porta Salaria. Il y passa la matinée en divers examens, radios et prise de sang, dont il eut les résultats le surlendemain.

Tous négatifs.

Richard Blade n'avait strictement rien. Il ne se sentait même plus fatigué. Simplement, toute sa chair et tout son esprit étaient habités par une certitude étrange et toute nouvelle. Une certitude qui s'était brusquement imposée à lui au soir de ce cinquième jour de « vacances ».

Dans la salle de bains du *Bernini Hotel* qu'il avait finalement regagné. En voyant dans la glace les rides qui s'étaient soudain creusées autour de ses yeux et les plis qui entouraient sa bouche. Puis il avait découvert ces deux cheveux gris sur sa tempe gauche, noté le léger relâchement de son cou et les quelques taches brunes qui parsemaient à présent ses mains. Alors, l'incontournable vérité avait jailli. A Rome ! En pleine idylle !

Il vieillissait !

Prématurément !

Incroyable. Lui qui ne s'était jamais soucié de ce genre de problème, lui, le voyageur interdimensionnel aux mille aventures fabuleuses, avait vieilli. Si soudainement que cela semblait irréel. Inconcevable. Il se sentait, il *était* soudain vieux !

Pas un vieillard, certes ! Simplement, bien que toujours magnifiquement musclé, son corps s'était fait plus pesant. En cinq jours, il l'avait senti plus lourd. Plus « existant ».

Et là, devant la glace de cette salle de bains, il se demandait maintenant s'il n'était pas tout bonnement en train de faire un cauchemar. Il allait se réveiller dans sa chambre de Londres et sourire aux angoisses de sa nuit. Il allait...

Le téléphone. Sans doute Renata. Partie à Naples le matin même pour repérer des extérieurs, elle venait prendre de ses nouvelles.

— *Richard ?*

La voix de J !

Il avait déjà appelé deux fois. Blade l'avait

appris en regagnant le Bernini quelques instants plus tôt et il s'était promis de le rappeler avant de se coucher.

— *Comment allez-vous, Richard ?*

Blade trouva instantanément étrange que son chef téléphone de Londres pour prendre de ses nouvelles. Pourtant, au ton, il comprit que c'était effectivement le but de cet appel. Le *seul* but. Il le sentit, en fut étrangement persuadé, sitôt les premiers mots lancés dans l'appareil. Il haussa un sourcil étonné, lâcha :

— Bien, merci.

— Bien ?

Il nota la parcelle d'étonnement dans la voix distinguée de son correspondant et deux profondes rides se creusèrent sur son front. Décidément, rien de ce qu'il vivait en ce moment n'était ordinaire. Se pouvait-il que J fût doté de facultés extra-sensorielles ? Avait-il été informé par télépathie du surprenant état de son agent ? Autant de questions que se posait Blade en entendant la voix de J. Il insista :

— Je vais très bien, Monsieur. Je vous assure.

Il y eut un silence entrecoupé de parasites, avant que J ne laisse tomber :

— Etrange...

Cette fois, Blade comprit que quelque chose était en train de se passer. Quelque chose qu'il n'avait pas soupçonné, mais que J savait. Question de ton. Il laissa son chef s'enferrer dans son silence, l'entendit enfin soupirer, puis déclarer le plus calmement du monde :

— Vous bluffez, Richard.

Une lueur vite éteinte passa dans les prunelles de Blade. Il ne s'était pas trompé. Un événement qu'il n'avait pas contrôlé avait créé une situation nouvelle chez lui, et l'appel de son supérieur hiérarchique était précisément lié à celle-ci. Blade n'y comprenait rien encore, mais quelque chose lui soufflait que cette ignorance n'allait plus durer très longtemps. D'une voix neutre, il questionna :

— A propos de quoi suis-je censé bluffer, Monsieur ?

Nouveau silence, puis nouveau soupir.

— Quels sont les résultats de vos analyses ?

— Quelles analyses ?

— Je parle des examens que vous avez effectués à la clinique du professeur Morelli. C'était de la sorcellerie !

Soudain, Blade comprit. Cette impression d'avoir été suivi, filé, épié pendant ces trois derniers jours. En fait, il avait bel et bien été « sous contrôle ». En parlant des fameux examens, J venait de lui en fournir la preuve. Alors, aussi subitement que se déchire un voile, Blade réalisa. Personne ne l'avait suivi dans la rue. Il n'était filé par aucun « ange gardien ». Cette impression de filature qu'il avait ressentie reposait sur un simple « constat instinctif » de sa part.

Un éclair fulgura soudain au fond de ses yeux, tandis qu'une ombre de sourire étirait ses lèvres.

— D'accord, Monsieur, soupira-t-il avec un

petit pincement au cœur. Renata est un agent très... zélé.

J n'eut pas l'indélicatesse de rire. Il répéta seulement :

— Comment allez-vous ?

Les résultats des examens, il les connaissait déjà. Par Renata, ou par le professeur Morelli lui-même. Le M16 avait des « honorables correspondants » partout dans le monde. Blade esquissa un nouveau sourire et avoua :

— Moins bien que je ne vous l'ai dit.

— Malade ?

— Non. Juste anxieux. Et... plus vieux.

— Normal.

Nouveau froncement de sourcils chez Blade.

— Normal ?

J marqua un autre petit silence, avant de déclarer :

— Faites vos adieux à cette charmante... Renata. Si toutefois elle revient de Naples avant votre départ.

Renata ! Elle n'avait quitté Rome — si toutefois elle était effectivement partie — que pour justifier le retour de Blade à son hôtel. Ceci pour permettre à J de le joindre. Un scénario précis, huilé, incontournable. Blade salua mentalement la performance, eut une pensée douce-amère pour la belle Renata qui l'avait si bien manipulé, puis, la reléguant au rang des souvenirs, il questionna :

— Et ensuite ?

— Ensuite, répondit sobrement le vieux patron du M16, vous avez un avion des British-

Airways demain soir à Leonardo da Vinci. Je vous attends après-demain matin. Où vous savez, acheva-t-il avant de raccrocher.

Blade en fit autant. Puis, songeur, il retourna dans la salle de bains, se pencha vers le miroir et scruta son visage avec attention. Et inquiétude aussi.

En cinq jours, il avait vieilli de dix ans !

Restait à savoir pourquoi.

CHAPITRE II

Un superbe soleil inondait Londres !

Enfin... par une mince trouée de ciel à peu près bleu, un rayon de soleil jaunâtre dispensait une lumière parcimonieuse sur un minuscule carré de Tamise. Dans le périmètre de ce microclimat providentiel, les parapluies s'étaient refermés comme par miracle et les caniveaux cessaient de refouler leur trop-plein d'eau grise. Les encombrements en devenaient soudain plus supportables et le printemps naissant promettait d'être joyeux.

Mais Richard Blade était maussade.

Débarqué à Heathrow la veille, il avait essayé de noyer ses sombres pensées dans un nombre respectable de Hennessy-glace. Mais d'aussi bonne qualité fut-il, l'alcool n'y avait rien changé. Et l'image de lui qu'avait renvoyée la glace ce matin n'avait rien arrangé. Malgré les Hennessy-glace, il avait encore pris cinq ans de plus. Se sentant incapable de conduire sa Rover, il avait sauté dans un de ces antiques taxis noirs qui sillonnent Londres. Avec cette dernière vision dans les rétines.

Des poches sous les yeux, une peau plus terne, des muscles certes toujours aussi impressionnants, mais dont on sentait qu'ils avaient commencé à entamer le fameux processus d'amollissement qui préfigure les atteintes de l'âge. Sans compter les cheveux et la barbe de plus en plus plantés de gris.

A devenir fou.

Maintenant, rongeant son frein dans les embouteillages, insensible au rayon de soleil annonciateur de printemps, il n'avait plus qu'un but : arriver à la Tour de Londres.

Plus exactement *sous* la vénérable Tour. Dans les profonds et très secrets souterrains où le fameux Projet DX cachait ses laboratoires. Mais il lui fallait attendre encore vingt minutes de cheminement exaspérant, avant que le taxi ne s'arrête enfin sous l'impressionnante construction. A l'instant où Blade s'apprêtait à quitter le véhicule, une silhouette sombre apparut et la portière s'ouvrit.

Sur J.

Avec son loden vert foncé sur une veste pied-de-poule et un pantalon de velours côtelé qui le faisaient ressembler à un gentleman-farmer.

— Bonjour, Richard, l'accueillit-il en lui serrant chaleureusement la main.

Puis, tout en l'observant sur place, il attendit que le taxi fût reparti pour l'entraîner vers la petite porte dérobée devant laquelle deux hommes de la Special Branch veillaient discrètement.

— Comment vous sentez-vous ? demanda-t-il enfin, tandis qu'ils se faisaient ouvrir la porte.

Blade fit la moue.

— Juste un peu fatigué. Mais j'irai sûrement mieux quand je saurai enfin le pourquoi de ces... évolutions.

Ils étaient maintenant dans une espèce de sas en béton gris, où s'ouvraient les deux panneaux coulissants en bronze de l'ascenseur. Un éclairage blême accusait les reliefs de leurs visages et, tandis qu'ils entraient dans la cabine, une lueur passa dans les yeux du vieux maître espion.

— Etes-vous si certain que nous puissions vous apporter cette réponse, Richard ?

La cabine s'était refermée et plongeait maintenant dans une chute vertigineuse. Soixante mètres de descente vers un des lieux les plus secrets, non seulement du Royaume-Uni, mais du monde entier.

— Je crois que oui, répondit Blade. Ces examens que j'ai subis sur votre ordre dans cette clinique *safe* et le fait que vous m'ayez téléguidé cette ange-gardienne romaine plaide en faveur de cette théorie.

Le souvenir de Renata, de leurs soirées agrémentées de Moët millésimé et d'amour lui traversa le cœur. Comme une flèche douce-amère. J hocha sa tête aux cheveux blanc neige.

— Vous avez raison.

La cabine arrivait déjà au terme de sa course.

J serra amicalement le bras de Blade pour l'entraîner hors de la cabine.

— Venez, dit-il. Vous allez tout savoir.

Il aimait Blade comme un fils et ne pouvait se défaire d'une véritable inquiétude quand il le voyait partir vers les destinations redoutables des dimensions inconnues. Mais la raison d'Etat primait. Malgré des recherches incessantes et des tests nombreux sur des centaines de « cobayes », Richard Blade demeurait l'unique spécimen d'Anglais capable de résister aux terribles effets de la translation interdimensionnelle.

Ils venaient de déboucher dans un vaste hall couvert de granit gris du sol à la voûte, où des spots éclairaient d'autres portes en bronze. Plus grandes, plus massives. Celles derrière lesquelles se cachait le fameux Projet DX, enfant chéri du vieux génie qu'était lord Leighton. Un génie tyranique dont J prétendait qu'il était le seul Britannique à oser tenir tête à la très crainte Dame de Fer qui gourvernait le pays.

Ce qui était sans doute vrai.

Aigri par cette polio qui l'avait cloué à son fauteuil d'infirme bien des années plus tôt, le vieux savant était doté d'un caractère absolument exécrable. Il ne vivait plus que pour le Projet DX et n'entendait souffrir aucune controverse, ni aucun retard dans ses programmes.

— Ah, vous voilà enfin !

Sous la procédure de contrôle automatique par contact digital personnalisé, les portes de bronze venaient de s'ouvrir sur la longue perspective de l'immense laboratoire tout blanc. A la rapidité avec laquelle le fauteuil fut propulsé vers eux, aux éclairs qui fulguraient dans les petits yeux éternellement furibonds du savant, Blade comprit que lord Leighton était encore plus grincheux que d'habitude.

— Dépêchons-nous, jeune homme ! lança-t-il à Blade sans lui accorder le moindre regard. Déshabillez-vous. Pendant ce temps, nous allons vous briefer.

Sa voix grinçait affreusement.

— Pressons, pressons !

— Un instant !

La voix sèche de Blade figea les deux hommes. Dans ses yeux minéraux, une lueur glacée venait de s'allumer. J haussa un sourcil blanc étonné, tandis que lord Leighton levait enfin sur lui un regard délavé... et très surpris. Personne n'avait jamais osé s'adresser à lui de cette façon. Déjà raidi de colère, il se redressa dans son fauteuil et commença :

— Qu'est-ce que...

— Un instant, coupa encore Blade.

Puis, saisissant délibérément les poignées arrière du fauteuil, il poussa ce dernier vers les consoles situées tout au bout du labo. Incrédule, J suivit. Sans mot dire. Il savait ce qui se passait dans l'esprit de son protégé et ne pouvait lui en vouloir. Il était même un peu curieux d'assister à ce qui n'allait pas manquer de constituer un précédent dans la longue carrière de lord Leighton. Une rébellion.

Déjà, Blade et le fauteuil étaient arrivés aux consoles. Le voyageur interdimensionnel fit pivoter le siège, se planta face aux deux hommes et, son visage prématurément vieilli figé dans une expression peu amène, il gronda :

— Maintenant, expliquez. Mais je vous préviens. Si vous ne me donnez pas au moins une bonne raison parmi celles qui vous ont poussés à me faire *ÇA,* je vous colle ma démission immédiate.

Les échos de sa voix résonnaient dans le labo, couvrant les capiteux zonzonnements huilés des formidables ordinateurs. De saisissement, lord Leighton était resté bouche bée. Chose qui n'était jamais arrivée. Ce fut J qui intervint le premier. D'un ton qui se voulait sec, il fit valoir :

— Quand vous avez accepté de participer au Projet DX, Richard, vous avez également admis tous les termes de cette association.

— Exact. Vous avez dit le mot. Association. Or, j'ai cette fois nettement l'impression d'avoir été compté pour partie négligeable, puisque aucun de vous deux n'a cru bon m'informer de ce que vos « médecins » allaient me faire subir.

— Richard.

— J'estime vous avoir suffisamment prouvé ma loyauté pour espérer votre franchise.

— Richard !

— Vous n'aviez aucun droit de me faire subir un quelconque « traitement » de ce genre sans m'en prévenir.

— Et puis quoi, encore !

C'était de nouveau lord Leighton. Raidi dans son siège, il fusillait Blade de son regard plein de colère.

— Je le pense, dit Blade. Maintenant, je vous écoute.

Visage fermé, mais regard planté dans celui de Blade, J intervint de nouveau :

— Je suis seul responsable, Richard. Pour une raison simple.

— Laquelle ?

Pour la première fois depuis l'entrée de Blade au M 16, les deux hommes s'affrontaient ouvertement. Mais ce que lisait J dans les prunelles de Blade le dissuada de le braquer. Il était le seul homme capable de voyager par translation. Donc, l'unique possibilité, avant longtemps, de faire avancer le programme en cours. Et puis, tout au fond de lui-même, il ne pouvait lui donner complètement tort. Alors, il avoua :

— Plus exactement pour deux raisons. La première est que nous ignorions jusqu'à quel stade votre organisme vieillirait. Imaginez une seconde que vous deveniez gâteux et alliez tout raconter sur la place publique.

Charmant ! Blade secoua la tête.

— Vous deviez m'informer de ce qui m'attendait. Et après accord de ma part, me garder en lieu sûr de manière à éviter toute indiscrétion.

— Impossible !

Cette fois, c'était lord Leighton. La colère paraissait l'avoir quitté et il semblait même un peu embarrassé par la tournure des événements.

— Impossible, répéta-t-il. A cause de la deuxième raison.

— Qui est ?

— Votre organisme risquait de mal réagir.

Blade fronça les sourcils.

— Comment cela ?

Lord L. soupira, grinça de nouveau :

— Même inconscient, le stress que cela vous aurait occasionné risquait de dérégler le processus. Cela pouvait vous perdre. Par accélération incontrôlable du vieillissement. Mais pour que vous compreniez, je dois vous expliquer la nature du traitement dans son aspect clinique du terme. Un vrai traitement médical. Du moins, au stade des essais. Ceux d'un programme encore top secret baptisé « Return ». Un programme de recherches portant sur le principe du vieillissement et du rajeunissement des cellules.

— Vous voulez dire des cellules qui composent le corps humain ?

Hochement de tête irrité du vieux savant.

— Bien sûr ! C'est ainsi qu'un chercheur que nous appellerons Smith a mis au point, presque par hasard, un procédé de stimulation de certaines cellules par infra-ondes et qu'il a pu noter la brusque accélération du phénomène de vieillissement de certaines d'entre elles. Un processus très simple. Hyperstimulées par les infra-ondes à haut pouvoir vibratoire, elles sont obligées de « travailler » d'autant plus vite que s'accélère ladite stimulation. D'où leur dégénérescence prématurée. Il suffisait d'y penser.

Intrigué, Blade suivait le récit, sans très bien savoir encore en quoi ceci pouvait être lié à son activité au sein du Projet DX. Prenant le relais, ce fut J qui poursuivit :

— Evidemment, ce que cherchait notre Smith en question était le résultat inverse.

— Le ralentissement du processus de vieillissement ?

J abandonna son air figé par acquiescer d'un sourire.

— Vieillir n'intéresse pas l'homme. Ce qu'il cherche depuis toujours, c'est au contraire découvrir le moyen de rajeunir.

— Surtout moi, railla Blade.

— C'est ce qui risque d'arriver, grinça lord Leighton, avec un petit ricanement.

Il avait insisté sur le mot « risque ». Blade lui lança un regard incrédule.

— Vous voulez dire que...

— Tout ce que je peux dire, coupa le savant, c'est que rien n'est sûr. A part le fait que le traitement en question vous a fait vieillir de quinze ans en quelques jours. Le reste n'est que pure supposition. Pourtant...

Il marqua un temps qui agaça Blade.

— Pourtant ?

— Pourtant, avança J à son tour, certains essais sur le singe peuvent laisser espérer qu'au bout d'un certain temps, les cellules qui ne sont plus sollicitées par les infra-ondes parviennent à réaliser un « voyage à rebours ». Un retour vers l'âge d'origine.

— Comment ça, « peuvent laisser espérer » ?

J secoua sa tête blanche, regard perdu dans l'espace.

— S'il est vrai qu'on a pu observer un léger « rajeunissement » des cellules du singe en question après son « vieillissement », il est très difficile d'en vérifier la répercussion sur son cerveau. Pour cela, seules des expériences humaines pourraient éventuellement nous renseigner.

— Je vois, fit amèrement Blade. Je suis le cobaye. Mais un cobaye qui coûte très cher. Si votre truc rate, vous perdez en même temps le seul voyageur interdimensionnel que vous ayez. Vous pouviez aussi bien faire vos tests sur quelques spécimens humains disons, plus... standards.

— Nous l'avons fait, avoua J. Le singe est mort et une expérience a été tentée sur un volontaire. Un repris de justice condamné plusieurs fois à perpétuité. Contre la promesse d'une peine allégée. Il n'avait pas grand-chose à perdre.

Le front déjà fortement ridé de Blade se creusa davantage.

— Je vois, dit-il. Et moi ?

— Vous, intervint lord Leighton, c'est un peu différent. Votre formidable faculté à supporter les épouvantables effets de la translation vous mettent en principe à l'abri.

— En principe !

— L'action des infra-ondes utilisées dans cette expérience est voisine de cette qui dématérialise votre corps au moment de la translation. C'est pourquoi nous vous pensons capable d'affronter le problème sans dommages majeurs.

Sans dommages majeurs ! Ils avaient de ces formules.

— Bon, fit Blade, toujours tendu. Même sans m'informer, vous pouviez me garder sous contrôle.

J secoua la tête.

— Toujours non. Il était impératif de vous observer dans un environnement qui n'était justement pas le vôtre. C'est-à-dire, à l'étranger. Dans un univers précisément rendu « hostile » à vos yeux par le choc de ce constat de vieillissement.

— Hum, grogna Blade. Et maintenant ?

— Maintenant, renseigna encore J, je vais vous dire ce qui nous a amenés à vous faire subir cette expérience, malgré votre « valeur élevée ».

C'était dit sans ironie. Blade attendait, anxieux. Mais en même temps, il sentait une étrange excitation le gagner. Car, il en était à présent persuadé, on avait soigneusement tout préparé à l'avance. Dans le but de l'envoyer en mission interdimensionnelle... dans cet état précis.

C'est-à-dire, *vieux*.

J se gratta la gorge, déglutit, croisa les mains

dans son dos et se mit à faire les cent pas entre les rangées de computers vrombissants.

— Vous allez partir en mission, Richard, annonça-t-il enfin. Une mission très délicate et très importante.

Il revint se planter devant Blade, chercha son regard pour insister d'une voix grave :

— Sans doute la plus importante de toutes celles que vous avez jusqu'alors accomplies.

— Bigre ! railla Blade. Vous fallait-il un vieillard pour une mission aussi capitale ?

— Oui.

C'était net et précis.

— D'ailleurs, tempéra J en reprenant sa marche, malgré ce « vieillissement », vous êtes encore loin d'être un vieillard. Tout au plus un homme, disons, bien mûr.

Il avait raison. L'apparence actuelle de Richard Blade était celle d'un quinquagénaire. En tout cas, pas plus de cinquante-cinq ans. Et très bien conservé. Comme ces stars de cinéma qui perpétuent le mythe du mâle « expérimenté triomphant ». Le « vieux » flic, le « vieux » cow-boy ou le « vieil » aventurier des superproductions US. Ce n'était pas encore le désastre. N'empêche que ça ne valait pas la jeunesse.

— Si tout se passe bien, reprit J, nous allons vous translater dans une dimension un peu particulière. Son nom est Geronya. Une dimension dont nous savons qu'elle est hypersurpeuplée. Un monde d'où une formidable prière nous est parvenue.

— Comment ça ? s'étonna Blade.

Léger sourire de J.

— Une prière d'une force inconcevable. Emanant soit d'une collectivité tout entière, soit d'un esprit aux pouvoirs télépathiques encore inconnus chez nous à ce jour. Investigator a intercepté cette prière et nous en sommes restés pantois.

— L'humanité de cette dimension est devenue folle, intervint lord Leighton à son tour. Du moins, la plus grande partie de cette humanité. Elle est en train de commettre à grande échelle le sacrilège le plus odieux jamais imaginé par l'homme.

Nouveau froncement de sourcils de Blade.

— C'est-à-dire ?

Les petits yeux flétris du vieux savant brillèrent soudain de colère. Il tapa du poing sur le bras de son fauteuil et cria :

— Ils mangent leurs enfants !

Il laissa son éclat s'éteindre, ajouta plus doucement :

— C'est une dimension folle. Un monde de désolation complète. Ils n'ont plus rien d'autre à manger... qu'eux-mêmes. Alors, comme la chair la plus tendre est aussi la plus jeune, ils mangent leurs propres enfants. Des enfants qu'ils « fabriquent » à la chaîne. Comme des poulets de batterie.

— C'est complètement dingue ! s'exclama Blade.

— L'horreur intégrale, ajouta J. La barbarie absolue. En décalage complet avec les progrès scientifiques de cette humanité. Des progrès qui ont en même temps réduit les périodes de gestation à quelques semaines seulement et fait notablement reculer la limite d'âge générale. Mais comme les enfants ne sont que de la viande de boucherie, dans cette gérontocratie, on sélectionne les plus beaux bébés des deux sexes pour en faire des étalons et des pondeuses. Des « fabriquants » d'enfants qui finissent par mourir d'épuisement. Nous ignorons pourquoi, mais personne n'est jamais parvenu à s'échapper de ces Camps de Procréation, mais nous savons que dans cette dimension, il ne fait décidément pas bon être jeune. D'où cette nécessité de vous vieillir prématurément. Pour votre sécurité.

Le chef du MI6 reprit son souffle, précisa :

— Cette prière télépathique prouve l'existence d'un embryon de résistance. Elle dit en substance : « Celui qui viendra à notre secours recevra sur place les messages qui le guideront jusqu'au but. » Ce n'est pas d'une clarté limpide, mais j'imagine que celui ou ceux qui nous ont adressé cette prière ne pouvaient pas en communiquer davantage.

Maintenant, Blade comprenait tout. Y compris la raison de son incroyable vieillissement. Il questionna :

— Que vouliez-vous dire, tout à l'heure, à propos de ce rajeunissement qui « risquait » de m'arriver ?

J et lord Leighton échangèrent un regard. Le savant répondit :

— Nous ne connaissons pas encore tous les

effets de ce vieillissement, mais nous avons néanmoins la quasi-certitude qu'il n'est que provisoire. En effet, une fois « calmées », les cellules qui ont tant travaillé sous l'effet des vibrations et qui ont ainsi provoqué ce vieillissement semblent se restructurer. Si bien qu'après un certain temps, les effets de ces altérations régressent. En fait, notre Smith en question aurait ainsi découvert le secret du rajeunissement. Par hasard. En activant d'abord les cellules dans le sens du vieillissement. Ensuite, c'est d'elles-mêmes qu'elles entament le processus inverse.

Blade se décontracta. Plein d'espoir, il s'enquit :

— Ça veut dire que je vais retrouver mon âge initial ?

Les deux hommes se regardèrent de nouveau, gênés.

— C'est un peu ça, admit J.

— Comment ça, un peu ?

Nouveau silence, au terme duquel ce fut cette fois lord Leighton qui finit par avouer :

— A ce jour, nous ignorons encore jusqu'à quel stade cette... régression peut aller.

Cette fois, Blade se sentit pris d'un vertige. Il laissa l'air fuser de ses poumons, puis, rivant son regard à celui du vieux savant, il martela doucement :

— Cela veut-il dire que je pourrais revenir à l'état de nourrisson ? De bébé ?

— Nous l'ignorons.

Lord Leighton n'avait pas dérobé son regard.

Ils avaient joué aux apprentis sorciers. Un lourd silence s'installa. J s'était remis à marcher et, quand il revint se camper devant Blade, sa mine était grave. Presque dure.

— De toute façon, dit-il, vous êtes notre seule chance de savoir ce qui se passe vraiment là-bas. Que vous ayez subi ce traitement ou non n'y change rien. Il faut que vous partiez.

J avait raison. Malgré son amertume d'avoir été traité comme un simple cobaye, Blade était ici pour partir en mission. Il avait depuis longtemps accepté les risques démesurés qu'il encourait chaque fois et il les avait acceptés. Alors, qu'il soit jeune ou vieux...

Il questionna quand même :

— Que suis-je censé y faire, à Geronya ?

— Voir ce qui s'y passe réellement. Vérifier.

Blade leva un sourcil étonné.

— Tout à l'heure, vous avez dit qu'il s'agirait sans doute de ma mission la plus importante de toutes. Qu'aurai-je donc de si capital à vérifier ?

Une expression bizarre passa dans les yeux de J. Il sembla réfléchir un instant, se pencha enfin à l'oreille de Blade.

Ce qu'il lui dit alors figea ce dernier de saisissement. Il resta longtemps incrédule, comme frappé d'une révélation inoncevable. Puis, s'animant de nouveau, il soupira :

— D'accord. Mais faisons vite. Parce qu'à force de vieillir, je risque d'arriver là-bas sous forme de cadavre.

Le soulagement des deux hommes fit plaisir à voir. J lui serra le bras en signe de gratitude et lord Leighton grinça d'un ton qui se voulait enjoué :

— En tenue, jeune homme !

Décidément, sa vue baissait singulièrement. En fait de « jeune homme », le voyageur interdimensionnel se sentait plus proche de Mathusalem que de l'adolescence.

Extrêmement troublé par ce que venait de lui dire J, il passa dans le « vestiaire » du laboratoire, en ressortit enduit de la nauséabonde pommade noirâtre destinée à le préserver des terribles décharges des électrodes. La taille ceinte d'un simple pagne, accessoire vestimentaire destiné à ménager la pudeur maladive de lord Leighton, il pénétra dans la vieille cage de translation où il s'assit sur ce qui ressemblait à une chaise électrique. Remisée dans un coin, une cabine moderne, celle qu'on avait espéré un temps voir remplacer l'ancienne, avait des airs d'engin futuriste. Inutilisable. Sa réparation aurait coûté plus cher que toute la flotte britannique.

Sans un mot, sous le regard songeur de J, lord Leighton vint brancher les électrodes sur le corps nu de Blade, puis plaça le lourd casque bardé de fils et d'antennes sur son crâne. A cet instant, les regards de Blade et de son chef s'accrochèrent. Et ce que vit Blade dans celui de J lui fit un étrange effet.

Cela ressemblait à un adieu.

Mais déjà, il ne voyait plus rien. Lord Leighton venait d'appliquer les dernières électrodes sur ses paupières. Peu après, il entendit les grilles de la cage descendre autour de lui et les chuintements feutrés du fauteuil roulant s'éloignèrent. Bientôt remplacés par d'autres sons que Blade connaissait bien.

La procédure de prétranslation était entamée.

Soudain la voix grinçante du vieux savant s'éleva dans le circuit radio du casque :

— Prêt ?

Blade déglutit, se vida le cerveau et lâcha :

— Prêt.

D'abord, comme à l'habitude, il sembla que rien ne se passait. Puis un bourdonnement intense emplit les oreilles de Blade et un vertige le saisit, l'emportant bientôt dans un maelström de sons, de couleurs et de sensations diverses. Enfin, son corps parut soudain habité par une bulle qui se mit à grossir démesurément. Son enveloppe charnelle se mit à gonfler et une formidable douleur le crucifia. Sous son crâne, des explosions se succédaient maintenant à la vitesse de la lumière et des feux d'artifice éclataient au fond de ses globes oculaires. Quand tout se disloqua en lui, sa bouche s'ouvrit sur un hurlement muet. A la même milliseconde, les milliards de cellules qui le composaient se disloquèrent, libérant son esprit de son corps. Son sang solidifié en trillons de perles écarlates se perdit dans l'éther, et l'univers s'ouvrit à lui dans son infini absolu.

Le voyageur interdimensionnel était parti.

Dématérialisé, perdu dans l'espace et le temps.

CHAPITRE III

Blade eut mal. Très mal. Comme si on lui avait arraché la peau sur tout le corps. Ou comme si des centaines de flèches l'avaient transpercé en même temps. Il ouvrit la bouche sur un cri :

— Tuez-le, tuez-le !

Dans l'état de demi-conscience où il se trouvait encore, tandis que des nausées dues au terrible vertige le crucifiaient, il se demanda qui il voulait tuer ainsi. C'était grotesque. Il n'avait pas d'ennemis.

— C'est un ladreh ! Tuez-le !

Blade se rendit compte alors que ce n'était pas lui qui criait ainsi. Il y avait d'ailleurs plusieurs voix. Rageuses. Des voix d'hommes et de femmes.

— Attrapez-le et tuez-le ! C'est encore un de ces chiens de Tabas. Tous des ladrehs. Ça fera un exemple.

Malgré sa faiblesse, Blade se dit qu'il lui fallait ouvrir les yeux. Car, confusément, il sentait que ces voix haineuses le désignaient. Il sentait aussi qu'il devait bouger. S'enfuir. Mais il était paralysé et la souffrance était trop grande.

— Tuez-le !

— Achevez-le ! Ça fera un sale ladreh de moins.

— Encore un qui voulait piller notre karna. Qu'on le tue et qu'on le mange !

Cette fois, c'était inquiétant. Blade parvint enfin à entrouvrir les paupières, ne vit d'abord que des taches de lumière mouvantes. Puis quelque chose bougea sous lui et il se sentit basculer vers l'avant. Dans le mouvement, son corps fut labouré d'un nouvel accès de souffrances qui lui ouvrirent complètement les yeux. Alors, à la lueur des torches qui l'entouraient, il vit ce sur quoi il était tombé et ses entrailles se révulsèrent.

Une planche de fakir !

Une gigantesque planche à clous, ou plutôt tout un large chemin de panneaux de bois hérissés de pointes acérées. Par centaines de milliers. Une sorte de chemin de ronde fou, encerclant une construction grise et basse, devant laquelle s'étalait un rectangle de terre noire. Comme un jardin. Avec des allées, des carrés ratissés, d'autres fraîchement retournés. Un jardin en attente de pousses. Il voulut encore bouger, mais déjà une masse humaine fondait sur lui. Il vit des lames briller dans la lumière des torches et, tout près de lui, une femme hurla, hystérique :

— Qu'on lui arrache la peau ! Il sera meilleur !

Un concert de rires excités lui répondit et Blade fut empoigné par les cheveux. Il fut arraché des pointes et du sang se mit à ruisseler sur lui. Aussitôt, une grande lame glacée lui laboura la gorge. Il allait être égorgé avant même de savoir exactement où il était arrivé.

— Vous êtes fous ! cria-t-il. Je ne suis ni un ladreh ni un Taba.

Les hurlements reprirent de plus belle. Il reçut un coup violent dans l'estomac, un autre en pleine face. Galvanisé par la colère, il frappa à son tour, entendit des plaintes et de sinistres craquements. Il frappa encore, balança une torche dans la nature en voulant l'attraper, écrasa quelques portraits, avant de succomber sous le nombre. A coups de pied et de poing, la horde s'acharnait sur lui. Il reçut un genou puissant à la pointe du menton et ses dents claquèrent sur sa langue. Aussitôt, le goût du sang emplit sa bouche et, souffle coupé, il s'écroula, vaincu. Au passage, il sentit de nouveau une lame entamer la peau de son cou, encaissa une autre volée de gnons, dont un, derrière la tête. Quasiment K-O, il s'écroula, fut empoigné par les membres et transporté durant un temps qui lui parut infiniment long. Il comprit qu'on le faisait entrer dans une sorte de hangar, qu'on le couchait sur des planches et qu'on lui liait les chevilles et les poignets. Il se débattit, mais ne réussit qu'à faire entrer davantage la lame du couteau dans son cou. Enfin, on s'écarta de lui, il vit des ombres s'éloigner et le hangar se vida. Près de là, fichée dans la terre noire du sol, ses agresseurs avaient laissé une torche. Un œil à demi fermé par les coups, Blade contempla le décor. Un hangar aux cloisons et au toit en tôles rouillées. Près de la torche, un baquet également en tôle et, au fond du hangar, une grande table en bois avec des bancs. L'endroit était sinistre, dégageait une vague odeur de pourriture et il y faisait froid et humide. Si on l'oubliait là, le pagne serait nettement insuffisant pour lui éviter la pneumonie.

Mais entre ça et la gorge tranchée...

— Hi, hi, hi !

C'était un rire de crécelle. Blade rouvrit les yeux qu'il avait fermés sans s'en rendre compte. Penché sur lui, une femme en loques, échevelée, au rire édenté. Plutôt vieille. Elle était sale et un peu de bave coulait sur son menton en galoche. Dans ses petits yeux noirs, des éclairs de convoitise excitée fulguraient. Débile.

— Hi, hi, hi !

Chaque fois qu'elle riait, un de ses seins dénudés par ses hardes tressautait mollement. Un sein lourd, tombant et ravagé de vergetures.

— T'es beau, toi ! T'es beau, t'es beau !

D'un coup, la femme avait arraché le pagne de Blade et se penchait sur son sexe pour le retourner dans tous les sens avec un air de profonde curiosité.

— Elle est grosse, ta triquette. Grosse, grosse !

Emerveillée, la débile.

Elle jouait avec le sexe de Blade comme elle

l'aurait fait avec n'importe quel objet. Puis elle se pencha, renifla, hésita, renifla encore et déposa un gros baiser sonore... et baveux sur l'attribut viril. Malgré ses rares incisives, si la fantaisie lui prenait de croquer...

— T'es beau, t'es beau !

Elle attrapa brusquement le sexe de Blade et se mit à le secouer comme pour en chasser d'invisibles parasites. Immobilisé par ses liens, le voyageur interdimensionnel commençait à s'angoisser. D'autant que dans la main énergique, certaines réactions naturelles étaient en train de s'opérer. Ce qui parut ravir la folle au plus haut point. Bavant de plus belle, le secouant de plus en plus, elle laissa échapper un rire dément, avant de grimper sur le plateau de planches et d'enjamber Blade pour s'agenouiller de part et d'autre de ses hanches. Il se rendit alors compte qu'elle ne portait rien sous le torchon qui lui tenait lieu de jupe et que son ventre nu et fortement velu descendait vers son sexe maintenant érigé. Riant toujours, la débile le secouait toujours, le conduisant impérativement vers son ventre.

— Eh, lança-t-il, arrête !

Mais la femme n'écoutait pas. Son regard allumé accroché au sien, elle bavait de plus en plus et sa main le poussait en elle. Enfin, ayant trouvé sa voie, elle se laissa tomber sur lui avec un « han » de bûcheron et il sentit aussitôt des muscles internes extrêmement forts se mettre à le masser.

Incroyable ! Il était en train de se faire violer !

Maintenant, la femme montait et descendait sur lui avec la régularité d'un piston. Elle en crachait littéralement sous l'effort et elle émettait un chuintement de locomotive chaque fois qu'elle se laissait retomber sur la hampe de chair. Elle chevauchait Blade comme s'il s'était agi d'un cheval, émettant de temps à autre un de ses rires de folle qui la faisait baver de plus belle.

Soudain, elle se mit à haleter très fort, à se crisper, puis tout son corps parut secoué par un formidable courant électrique et elle poussa plusieurs cris gutturaux, de plus en plus forts. Malgré lui, Blade sentit ses reins s'enflammer et il déferla en elle au moment où elle s'écroulait sur lui en gémissant comme un animal blessé. Longtemps.

Autour de son sexe, celui de la femme était encore animé de fortes vibrations, mais elle sentait trop mauvais pour qu'il en retire un réel plaisir.

— Kanah ! Espèce de folle !

Tirant Blade de sa torpeur, les cris venaient d'éclater au-dessus d'eux. Il était toujours enfoui dans le ventre de la femme et cette dernière semblait s'être tout bonnement endormie sur lui. Il y eut des bruits divers, puis une claque sonore et la femme sursauta en s'éveillant. Blade vit des mains parcheminées l'arracher à lui et la jeter par terre.

— Espèce de saleté ! Va-t'en !

C'était une autre femme. Beaucoup plus vieille. Presque aussi laide, mais apparemment beaucoup moins débile. En fait, le regard qu'elle laissait peser sur Blade était froid. Calculateur. Un long regard qui le mit mal à l'aise. Pendant ce temps, celle qui venait de le violer quittait le hangar. Quand elle fut sortie, la vieille hocha la tête, ramena ses cheveux gris filasse dans sa nuque et, se penchant sur Blade, elle questionna :

— Comment tu t'appelles ?

— Blade. Richard Blade.

— C'est un drôle de nom. Je ne t'ai jamais vu par ici. Tu viens de quel quartier ?

Blade secoua la tête.

— Je ne suis pas d'ici. Je viens...

— Cela n'a pas d'importance, coupa la vieille. De toute façon, tu es un sale ladreh.

— Non ! Je...

— Alors, il est prêt ?

Coupant de nouveau la parole à Blade, une autre vieille venait de faire son entrée. Portant deux seaux fumants dont elle alla verser le contenu dans le baquet en tôle. De l'eau chaude.

— Il est prêt, répondit la première vieille. Mais cette chienne de Kanah était en train de le violer quand je suis arrivée. Je crois bien qu'elle a réussi à lui tirer son jus, ajouta-t-elle en soupesant le sexe et le scrotum de Blade d'un air entendu. Enfin ! autant qu'il serve.

Ça faisait un drôle d'effet à Blade d'être ainsi manipulé et jaugé comme un animal de reproduction. La vieille examinait ses attributs avec l'attention soutenue d'un entomologiste penché sur un insecte rare.

— C'est bizarre, dit-elle enfin. On dirait que sa queue est toute jeune. En tout cas, elle est belle et vigoureuse.

L'autre qui s'apprêtait à ressortir avec ses seaux vides revint vers le bat-flanc et se pencha à son tour.

— C'est vrai, convint-elle. Il en a une belle. Pas vieille du tout.

Disant cela, elle avait posé un de ses seaux et soupesait à son tour le sexe de Blade. A cet instant, la porte du hangar s'ouvrit de nouveau et trois autres femmes firent leur entrée. Voyant les deux premières penchées sur Blade, elles les rejoignirent, intriguées. La plus jeune devait friser les soixante-dix ans. Ce fut elle qui entreprit Blade à son tour. Le saisissant à pleine main, elle se mit à le masturber vigoureusement, avant de le laisser retomber d'un air dégoûté.

— Elle est peut-être apparemment jeune, cette queue-là, mais elle regarde la terre qui va l'ensevelir. Plus bonne à rien.

En d'autres circonstances, le voyageur interdimensionnel aurait peut-être été vexé par cette appréciation peu flatteuse, mais en l'occurrence, il fut soulagé. Au moins, il ne serait plus violé. Enfin, pas tout de suite.

— Bon, dit la « jeune » en lui pinçant la peau de l'estomac. C'est pas tout. Les hommes attendent.

— Toi, renchérit la plus vieille en s'adressant

à la porteuse de seaux, va encore chercher de l'eau.

Ce que l'autre fit aussitôt, tandis que les autres étalaient des torchons grisâtres sur la longue table. Bientôt, le baquet fut plein et, favorisée par le froid ambiant, la vapeur commençait à envahir le local. A cet instant, la porte du hangar claqua et une voix tonitruante clama :

— Alors ! Il est prêt, le ladreh ?

Blade vit alors apparaître un vrai monstre. Au moins deux mètres de haut, environ cent vingt kilos de muscles et de graisse, avec une toute petite tête sommée d'un chignon gris. Une femme. Avec un ventre énorme ceint d'une large ceinture d'où dépassaient de gros morceaux de bois, une imposante poitrine blême qui débordait d'une blouse trop échancrée. Sous les sourcils broussailleux, de tous petits yeux méchants luisaient en se posant sur Blade.

— Il est costaud, gronda-t-elle d'une voix vulgaire. Mais il n'a pas un pouce de graisse, ce chien de ladreh !

Disant cela, elle avait arraché deux morceaux de bois de sa ceinture et quelque chose luisit dans la faible clarté de la torche.

Alors seulement, Blade identifia ce qu'elle tenait en mains.

Des couteaux !

Incrédule, il sentit monter un froid glacial dans sa colonne vertébrale. Il avait peur de comprendre. Le poussah femelle se pencha sur lui, lui saisit les cheveux pour lui tirer la tête en arrière en appréciant d'un air songeur :

— Ouais... ça va aller.

Au pied du plateau où était ficelé Blade, une autre vieille était en train d'installer un seau vide. Juste à l'aplomb de son cou. Un cou que la traction exercée par la géante tendait au maximum.

— Hum ! dit encore cette dernière, hum ! Pas mal. Ce ladreh est plein de bon sang ! On le fera cuire dans ses boyaux.

Une autre vieille ricana, tout près.

— Du bon boudin ! Tu me donneras un de ses rognons !

Alors, hideuse, violente comme un coup de poing au plexus, la panique submergea Richard Blade. Il rua dans ses entraves et hurla :

— Vous êtes folles ! Je ne... je ne suis pas un ladreh !

Mais déjà, la pointe acérée d'un couteau se plantait dans la peau de son cou. Juste à l'endroit de la carotide. On était en train de le saigner !

De l'égorger ! Comme on tuait le cochon !

CHAPITRE IV

— Je ne suis pas un ladreh !

Mais Blade se heurtait à un mur. Personne ne l'écoutait. Les femmes vaquaient à diverses tâches, échangeant entre elles des réflexions qu'il ne comprenait pas, et la « bouchère » était entièrement concentrée sur la pointe du couteau.

Une pointe de couteau que Blade sentait entrer dans son cou.

Soudain, il hurla. Une des femmes venait de verser sur lui une gamelle d'eau presque bouillante, tandis qu'une autre brandissait un outil qui ressemblait à un rasoir. Elles s'apprêtaient à lui raser le corps. C'était atroce. Il savait qu'il allait mourir, que sa chair allait servir de nourriture, qu'on allait faire du boudin avec son sang et ses boyaux, et il ne pouvait absolument rien faire d'autre que crier.

Ce qu'il fit encore une fois :

— Je ne suis pas un ladreh !

Mais que dire d'autre ? Qu'il venait d'une dimension lointaine, précisément pour essayer de changer cette civilisation perdue ? Elles lui riraient au nez. Il ne voulait pas céder à la panique, mais son cerveau lui refusait obstinément toute aide. Complètement stérile. Dans ses cheveux, la poigne de la géante lui étirait si fort le cou qu'il souhaita presque qu'elle lui brise les cervicales. Mais sa charpente était trop forte et rien ne se passait. Rien d'autre que cette lame glacée qui lui entamait la chair… qui allait trancher sa carotide.

Dans une seconde, son sang jaillirait.

— Un instant !

D'abord, Blade crut que c'était encore lui qui avait crié.

— Attendez un peu !

C'était bien une voix d'homme, mais ce n'était pas la sienne. Celle-là était vieille et cassée. Il voulut redresser la tête, mais la poigne de la « bouchère » le retenait plaqué au brancard, couteau toujours piqué dans son cou. La femme, qui officiait près d'elle, lança :

— Que veux-tu, Iphos ?

— Interroger ce ladreh.

— Nous avons beaucoup de travail.

— Il faut que je l'interroge. Quand il sera égorgé, il ne pourra plus répondre à mes questions.

C'était frappé au coin du bon sens.

— Je ne suis pas un ladreh ! cria encore Blade.

Un tout petit regain d'espoir le galvanisait.

— Pourquoi veux-tu l'interroger ? cria alors la « bouchère ». J'ai mieux à faire.

— C'est à cause de Kanah. Elle raconte partout qu'elle a fait jaillir la semence de ce ladreh dans son ventre.

— C'est vrai ! s'exclama Blade. C'est vrai, mais je ne suis pas un ladreh.

— Qui es-tu alors ?

Le dénommé Iphos était enfin entré dans le champ de vision de Blade. Un homme très vieux, avec des yeux pétillants d'intelligence. Mais la main de la « bouchère » le tenait toujours fermement et il ne pouvait absolument pas bouger. Déjà, autour d'eux, les femmes s'énervaient.

— Laisse-nous ! dit l'une d'elles. C'est vrai que cette folle de Kanah a profité du ladreh, mais il n'a pas pu délivrer sa semence. Aucun mâle de cet âge ne peut plus en donner. Tu es mieux placé que personne pour le savoir.

— Un instant.

Le vieux s'était penché davantage, saisissant le sexe de Blade entre le pouce et l'index. Il se mit à le presser, l'observa de plus près et s'exclama, triomphant.

— Et ça. Qu'est-ce que c'est, d'après toi ?

Ça, c'était précisément un reliquat de sperme que sa manipulation avait extrait du canal de la verge.

— Détachez-le, exigea le vieil homme. Je veux l'examiner.

— Non !

C'était la « bouchère ». Elle avait appuyé plus fort sur son grand couteau et quelque chose de chaud commençait à couler le long du cou de

Blade. Son sang ! Il se dit que c'était fini. Qu'elle était en train de l'égorger.

Si près d'être sauvé !

— Fais ce qu'il dit, Kera ! tonitrua soudain une autre voix masculine. Dépêche-toi d'obéir !

Cette fois, la géante ôta le couteau de la gorge de Blade. Mauvaise, elle jeta :

— C'est un ladreh. Il faut le tuer. Et puis ça fera de la karna d'avance.

— J'ai dit non. On le tuera après. Quand Iphos l'aura examiné.

— Ce vieux fou ! ragea la géante.

— Obéis, Kera !

Cette fois la voix du dernier arrivé tonna si fort que les tôles du toit en vibrèrent longtemps. La poigne terrible lâcha enfin les cheveux de Blade et il put voir à qui appartenait ce timbre de bronze. Un colosse. Vieux, mais une force de la nature. Sous les grossiers vêtements de toile grise, des muscles encore impressionnants malgré l'âge roulaient et sa large face aux méplats accusés reflétait la brutalité. Entre les mèches grasses des longs cheveux presque blancs, les petits yeux clairs luisaient de colère sous d'épais sourcils gris. Derrière lui, armés de longs glaives et vêtus de peaux tannées, quatre gardes gigantesques et presque aussi vieux attendaient, l'air absent.

— Non ! hurla Kera, menaçante. Je ne veux pas donner le ladreh à ce vieux fou ! Il va le garder et le dépecer sous couvert d'expériences. En réalité, ce sera pour le manger. Comme il fait chaque fois qu'on tient un ladreh.

— Kera !

— Non !

— Tu l'auras voulu.

Sur un signe du colosse, deux gardes marchèrent lentement sur la géante. A peine menaçants. Mais la « bouchère » recula, poussa un rugissement et, rapide comme un fauve, lança son couteau avec une violence inouïe. La large lame fouetta l'air et, avant que le garde visé n'ait le temps d'esquisser le moindre geste, elle alla se ficher dans son cou. Jusqu'à la garde. Il poussa un chuintement sinistre, suivi d'un gargouillis écœurant. Un flot de sang jaillissant devant lui, il poussa un rugissement qui fit naître de grosses bulles rouges autour du manche de couteau. Dans le même temps, il avait arraché le glaive de son étui et, les yeux fous, il se rua en avant, lame levée. La géante voulut tirer un autre couteau de sa ceinture, mais, à la même seconde, un éclair blême fulgura au-dessus d'elle et le glaive s'abattit avec un odieux bruit mou.

Halluciné, Blade vit la grosse tête de la « bouchère » sauter en l'air, sectionnée net sous le menton. Dans une pluie de sang, elle vola, ricocha contre un poteau du hangar, avant d'aller rouler à plusieurs mètres de là.

Face au toit de tôles.

Dans les gros yeux globuleux ouverts sur la mort, il y avait un immense étonnement. Ecroulé sur le sol, le corps adipeux et blême fut secoué par quelques spasmes et s'immobilisa, tandis que le sang commençait à couler moins fort des carotides sectionnées.

Alors seulement, le garde blessé tomba.

Lui aussi convulsé par les derniers soubresauts de la vie. Sans émotion apparente, un de ses semblables vint déboucler son ceinturon, s'empara du glaive sanglant et les deux autres empoignèrent le cadavre pour l'emporter.

— Défaites ses liens, ordonna enfin le vieil Iphos en désignant Blade.

Montrant le grand corps de la « bouchère », il s'exclama de sa voix cassée :

— Vous vouliez de la karna, en voilà !

Puis, ricanant devant les mines déjà gourmandes des autres femmes, il se tourna vers le colosse.

— Merci de ton intervention, Grand Thrak. Grâce à toi, je vais pouvoir me livrer à quelques examens intéressants.

L'autre hocha la tête, les pensées déjà apparemment ailleurs. Juste avant de quitter le hangar, il gronda :

— Garde-moi une cuisse de ce ladreh. Sur lui, il y a de quoi manger.

Il disparut avant que Blade n'ait pu protester.

— Allez, toi, ordonna alors le vieil Iphos, dépêche-toi de me suivre !

Au même instant, deux des trois gardes réapparurent et vinrent encadrer Blade sans un mot. Ce dernier n'était pas armé et il avait vu comment ils savaient se servir d'un glaive. Inutile de résister.

Ils quittèrent le hangar, émergèrent dans une

cour au sol défoncé et s'engagèrent sous un porche. Au passage, les gardes détachèrent deux des quatre montures qui attendaient là. De grands chevaux gris argentés, dotés de longues crinières noires et savamment tressées, harnachés de cuir également noir. Les gardes menant leurs montures à pied, ils quittèrent tous la cour en empruntant le porche où, çà et là, des formes étaient recroquevillées, dormant à même le sol. A la lumière des torches et dans la brume jaunâtre qui piquait la gorge, Blade nota les sculptures érodées et cassées de la pierre qui composait le portique. Autrefois, cette cité avait dû être belle.

Ses rues n'étaient plus maintenant que de larges zones encombrées d'éboulis et surpeuplées de mendiants. Par centaines, des ombres humaines filaient comme des rats à l'approche des soldats. A leur passage, une vieille clocharde repoussante de saleté, qui enfournait dans son panier des choses prélévées dans une poubelle, vint regarder Blade sous le nez en ricanant d'un air vicieux. Un des gardes la chassa d'un coup de pied et elle s'étala dans la boue en glapissant des imprécations. Dans sa chute le panier glissa de ses mains. Aussitôt, une horde de ses semblables jaillie de tous les coins d'ombre se précipita. Le panier disparut et l'on entendit les échos de bagarres acharnées. Aussitôt, comme alertée par un mystérieux signal, une foule se mit à déferler de partout. Hurlante, elle investit les rues et des lames apparurent dans les lueurs des torches, les montures des gardes poussèrent des hennissements et l'une d'elles se cabra.

— Vite ! s'exclama celui qui tenait son mors. Partons d'ici !

— Retournons chez Kera ! proposa un autre.

— Imbécile ! Regarde derrière toi !

Blade se retourna en même temps que le garde et il sentit son estomac se crisper. Une marée humaine vociférante déferlait de la rue d'où ils émergeaient. Celui qui semblait être le chef fit signe à Blade d'enfourcher la bête qu'il montait, tandis que le vieil Iphos en faisait autant derrière un autre garde. Tous semblaient soudain pris de frayeur. Il y avait de quoi. La foule ne cessait de grandir et aux cris de rage se mêlait déjà la douleur. Blade vit des corps disparaître dans la masse, des lames fondre et du sang jaillir.

— Encore une émeute ! ricana Iphos, tandis qu'ils fendaient la foule menaçante pour se frayer un passage. Cette nuit, il y aura des ossements dans les rues.

— Comment cela ? questionna Blade.

Nouveau ricanement.

— Comme si tu ne le savais pas.

Blade se pencha vers le vieil homme pour lancer, confidentiel :

— J'ignore tout de votre monde.

Dans la lumière de la torche du garde, il vit luire un éclair à la fois intéressé et incrédule dans les yeux d'Iphos.

— Tu mens. Tu es un ladreh Taba. Tous les Tabas sont des ladrehs.

— Non !

Iphos émit encore un ricanement, mais moins convaincu.

— Tu m'expliqueras tout ça dans un instant. Nous arrivons bientôt.

— Arrière, chiens affamés ! hurla soudain le chef des gardes.

Il venait d'envoyer un coup de botte dans la face grimaçante d'un grand vieillard couvert de crasse et de détritus. Son nez éclata comme un fruit trop mur et il recula en inondant ses voisins de sang. Aussitôt, ce fut la curée. Des dizaines de mendiants se ruèrent sur lui, et il disparut aussitôt sous la masse. Des lames brillèrent de nouveau et Blade entendit distinctement les cris hideux du vieux. Des cris qui cessèrent aussi soudainement qu'ils étaient nés. Dans un gargouillis abominable qui ne laissait pas de doute sur sa nature.

Encore un égorgé qui allait servir de repas à ses semblables

Blade était tombé dans un monde de pure démence. D'absolue sauvagerie.

— Arrière ! Arrière !

Mais cette fois, les gardes semblaient submergés par le nombre. Celui qui était devant Iphos fut brutalement désarçonné et il commença à basculer, tiré vers le sol par des dizaines de mains avides. Blade le vit abattre son glaive à trois reprises et des têtes roulèrent au sol. Le garde crut qu'il allait s'en tirer et il commença à se redresser. Mais soudain, Blade vit le vieil Iphos lui donner un grand coup de coude dans les reins et le pousser avec une force étonnante. Surpris, le garde bascula d'un coup. Il poussa un cri rauque, leva une dernière fois son glaive, avant de disparaître à son tour dans la marée humaine. Son cri d'agonie s'éleva presque aussitôt. Atroce.

Devant Blade le chef qui n'avait pas vu le geste d'Iphos tira une corne de sa ceinture et la porta à sa bouche. Un long hululement sinistre s'éleva au-dessus de la foule. Visiblement destiné à appeler du renfort. Mais le flot humain poussa aussitôt une clameur assourdissante qui couvrit le chant de la trompe.

— Filons ! hurla le chef des gardes. Ils vont nous massacrer !

A cet instant, le vieil Iphos sauta à terre. Tirant Blade par la cheville, il lui fit signe de sauter à son tour et cria :

— Viens. Vite !

A la même seconde, les deux gardes furent submergés à leur tour et leurs grandes carcasses furent happées. Blade entendit leurs hurlements s'éteindre et Iphos cria encore :

— Vite !

Mais Blade n'eut pas le temps de sauter à terre. Agrippé de partout, il bascula soudain, plongeant dans la marée déchaînée. Aussitôt, des ongles labourèrent sa chair et il eut même l'horrible impression que des dents se plantaient dans sa fesse droite. Il frappa à l'aveuglette, ouvrit la bouche pour crier. Sans résultat. Un coup en plein ventre lui coupa le souffle, un autre lui ouvrit la pommette.

— Viens ! entendit-il encore crier Iphos. Vite !

Mais maîntenant, des dizaines de mains fouillaient le corps nu de Blade, s'accrochant à sa chair, pinçant, griffant, l'écartelant.

— Vite ! Vi…

Un autre coup lui arriva dans la tempe et, cette fois, il sombra dans un gouffre noir et sans fond.

CHAPITRE V

Blade n'en finissait pas d'agoniser. Il se demandait même comment il n'était pas encore tout à fait mort. Il se rendit compte alors que malgré les coups et sa demi-inconscience, il continuait à lutter. Sous son enveloppe vieillie, les anciens réflexes jouaient encore et sa science du combat à mains nues faisait le reste. Il écrasa des choses sous ses poings, étrangla au passage un gros clochard qui tentait de l'étouffer sous sa masse puante et parvint encore à envoyer un terrible « coup de boule » dans le nez d'un autre agresseur qui hurla de douleur.

Pourtant, il sentait ses forces décliner rapidement. Il allait forcément succomber. D'ailleurs, il n'arrivait même plus à s'arracher au sol gras. Il envoya ses mains devant lui, cherchant un nouvel appui, ne rencontra que des choses gluantes. Mais alors qu'il recommençait à plonger dans l'inconscience, quelque chose de froid glissa sous ses doigts et il les referma dessus dans un geste purement réflexe. Il ressentit une vague brûlure, eut la main écrasée sous des semelles et il comprit qu'elle s'était refermée sur une lame.

Large, tranchante comme un rasoir.

Une lame de glaive. Sans doute celui d'un des gardes. A tâtons, ignorant les gnons qui meurtrissaient sa chair et les coupures que lui infligeait la lame, il chercha la garde, la trouva presque aussitôt. Refoulant à grand-peine la torpeur insidieuse qui le gagnait inexorablement, il l'empoigna fermement et, poussant un véritable barrissement, galvanisé par sa trouvaille, il se releva d'un puissant coup de reins qui éjecta la grappe humaine agglutinée à lui.

Dans la seconde suivante, le glaive commençait ses moulinets meurtriers. Très vite, un cercle prudent se creusa autour de lui et les cris d'agonie changèrent de camp. Un grand escogriffe qui paraissait plus jeune que les autres se dressa face à Blade, brandissant lui aussi un glaive. Il avait ramassé celui d'un autre garde. Mais il ne savait pas vraiment s'en servir et ses attaques manquaient de conviction. Blade se contenta de lui balafrer la poitrine et l'autre lâcha son arme avant de disparaître sagement dans la foule soudain calmée. A cet instant, près d'un cheval abattu que certains commençaient à dépecer, Blade repéra le corps inanimé d'Iphos. Couché face contre terre, le vieillard semblait mort.

— Iphos !

Blade s'était précipité. Veillant au danger de la foule toujours grondante qui les entourait, il releva la tête du vieil homme.

— Iphos !

Avec soulagement, il vit battre ses paupières. Blessé à la tête, il saignait en abondance et râlait doucement. Il fallait l'emmener loin d'ici. Mais où ?

— Iphos !

Sans l'aide de celui qui l'avait sauvé des griffes de la « bouchère », Blade serait perdu.

— Iphos !

— Mal !

Iphos avait entrouvert des yeux ternes et une grimace de souffrance déformait ses traits ridés.

— Mal à la tête ! répéta-t-il, tandis que Blade le chargeait sur son épaule.

— Il faut partir, Iphos. Indique-moi le chemin de chez toi.

La foule des mendiants ne s'était pas desserrée et, voyant que Blade était maintenant chargé d'un fardeau, elle recommençait à se montrer menaçante. Prudent, le voyageur interdimensionnel leva le glaive, prêt à l'abattre. Il avait repéré le dernier cheval encore vivant. Nerveux, ce dernier ne devait son salut provisoire qu'à ses furieuses ruades. Pour la foule des mendiants qui essayait de le tuer, il représentait de la nourriture en abondance. Pour Blade et Iphos, il était leur dernière chance de fuite.

— Arrière ! cria Blade en marchant vers ceux qui entouraient l'animal.

Mais au lieu de s'écarter, la foule se fit plus menaçante encore. Elle avait compris que la karna risquait de lui échapper et Blade savait combien la famine poussait les hommes aux dernières extrémités. Avec sa mégapole en ruine, sa nuit sans lune, sa brume jaunâtre et ses foules de vieillards affamés, cette dimension ressemblait fort à l'enfer.

— Arrière !

Le glaive s'abattit sur un bâton qui allait frapper Blade. Il le coupa en deux, et la force du coup renvoya violemment en arrière le bras décharné qui le tenait. Le mendiant grogna de douleur, bondit en avant, brandissant le moignon de bâton en poussant un cri rauque. La mort dans l'âme, Blade frappa de nouveau. Mais cette fois, la terrible lame entra dans la chair de l'épaule et le sang jaillit. L'agresseur cria, lâcha enfin son bâton et recula en se tenant l'épaule. Contre lui, le bras pendait, inerte. Un grondement de haine monta de la foule et Blade crut qu'elle allait se ruer de nouveau. Mais il y avait l'homme à l'épaule blessée et cette nouvelle proie directement disponible emporta la décision générale.

Aussitôt, ce fut la curée.

Le pauvre blessé fut terrassé en quelques secondes, traîné à terre, avant de disparaître sous la masse vociférante.

D'un bond, Blade rejoignit le grand cheval gris. Autour de l'animal, il n'y avait plus que trois vieillards. Moins peureux que les autres, ils tentaient d'attraper sa bride. L'un d'eux y parvint presque, mais alors qu'il se penchait pour l'attraper, l'animal hennit furieusement et lui envoya un terrible coup de sabot en pleine face.

Le mendiant ne put même pas crier.

Il n'avait plus de bouche. Plus de nez et plus d'yeux non plus. Son visage n'était plus qu'un informe magma sanglant où pointaient des esquilles d'os blanchâtres. Malgré cela, tandis qu'il s'écroulait en se tordant comme une chenille écrasée, un de ses compagnons se rua sur la bête en hurlant pour lui décocher coups de pied et coups de bâton. Blade n'hésita pas. Il avait besoin d'une monture en bon état. Il leva le glaive, l'abattit du plat sur la tête de l'assaillant.

Le mendiant hurla, s'écroula en se tenant le crâne. En principe, il était parti pour quelques heures de solide migraine. Son voisin hésita. La foule revenait de nouveau et Blade sentit que cette fois, il ne pourrait la faire reculer. C'était maintenant ou jamais. Sur son épaule, il plongea sur la bride, l'attrapa le premier, envoya un coup de pointe de glaive dans le flanc du mendiant qui recula encore et, soufflant dans les naseaux de la monture, parvint à la calmer en quelques mots rassurants. Enfin, surveillant ses arrières, il hissa le vieil homme sur la selle et sauta en croupe avant de frapper les flancs frémissants des talons.

La bête bondit en avant. Sans Blade, qui le tenait fermement contre lui, Iphos aurait été éjecté. Blade poussa l'animal et celui-ci fendit la foule, renversant des dizaines de corps, en piétinant d'autres. Un grand mendiant, plus jeune et plus fort que les autres, s'agrippa à l'étrier de Blade. Si violemment que ce dernier faillit basculer. La colère s'empara de lui et il abattit le glaive encore une fois. Sans se soucier du plat ou du tranchant.

Ce fut le tranchant.

La tête de la brute s'ouvrit en deux, libérant un flot grisâtre. Le téméraire ne lâcha pourtant pas prise. Déjà mort, mais accroché des deux mains, il fut traîné sur quelques mètres, avant que la foule consciente de cette nouvelle aubaine ne l'arrache enfin à l'étrier.

Encore un qui serait quasiment dévoré sur place.

— Va tout droit, lança faiblement Iphos. Jusqu'à une grande place où tu verras des campements. C'est la limite du quartier de Krudah.

La foule s'était soudain éclaircie. De toute façon, elle ne faisait plus attention à l'étrange équipage. Blade pressa l'animal et, longeant des façades noires aux porches encombrés de dormeurs, ils débouchèrent effectivement sur une immense place de forme ovale, où s'étalaient de véritables bidonvilles. Des centaines de baraquements, de tentes ou de simples abris faits de bric et de broc, allant des caisses en fer aux cartons d'emballage. Les quelques torches plantées çà et là permettaient de se faire une idée de l'ensemble et de la misère qui régnait en ces lieux. Grouillante, une faune discrète et fouineuse rampait dans les coins d'ombre. A croire que les habitants de l'endroit ne dormaient jamais.

— Contourne au large, dit encore le vieil

Iphos. Ici, c'est le repaire de la pire des humanités. Les voleurs, les trafiquants de toutes sortes et les assassins s'y retrouvent.

Une sorte de cour des Miracles.

Peu soucieux de se colleter de nouveau avec la population de cette peu accueillante dimension, Blade fit décrire un large détour à la monture. Rasant les façades sinistres où pendaient étrangement des restes de lampadaires rongés par la rouille, ils arrivèrent enfin au débouché d'une rue où s'entassaient amas d'immondices et clochards vautrés dans la fange. Sentant la réticence de Blade, Iphos précisa de sa voix plaintive :

— Passer par ailleurs prendrait des heures. Il faudrait contourner tous les campements militaires qui bouclent le centre de Krudah durant la nuit. Sans compter les bandes organisées de pillards.

« Est-il vrai que tu ne sois pas un Taba ?

Le vieil homme semblait reprendre un peu d'énergie. Après tout, sa blessure à la tête n'était peut-être pas très grave. Blade sourit dans l'ombre.

— Non seulement, précisa-t-il, je ne suis pas un Taba, mais en plus, je viens... disons... d'ailleurs.

— D'ailleurs ?

Il sentait monter l'intérêt d'Iphos, mais les explications n'étaient pas encore de mise. Un groupe d'ombres pas très rassurantes venait d'émerger de la nuit. Une demi-douzaine de vieillards vêtus de couvertures, de sacs et de curieux gants en cuir et métal. Dans un rayon de lumière diffuse, Blade avait eu le temps de voire luire des éclats métalliques. Décidément, les rues de Krudah ne semblaient pas très sûres.

— Ne fais rien, souffla Iphos en se fouillant. Ce sont les Préhendes. La milice du Passage de Krudah à Tab.

— Le passage ?

— Reste muet. Laisse-moi parlementer. En principe, avec de l'argent, ils laissent même passer les hors. Y compris quand ils ne sont pas montés par des militaires. Ça leur permet de prendre plus cher.

— Eh, vous deux ! pied à terre ! lança une voix de stentor.

Déjà, le groupe menaçant entourait le hors. Iphos souffla du coin des lèvres :

— Ne bouge surtout pas. Ce serait notre fin. Même si tu en tuais un ou deux. Outre leurs sabres, ils possèdent d'étranges armes. Précisément destinées aux fuyards. Des sortes de billes en acier hérissées de piquants enduits d'un poison sans antidote. C'est pourquoi ils portent ces gants. Atteint par une seule de ces billes, on meurt après d'atroces souffrances. Elles ne ratent jamais leurs cibles.

Blade ne voyait pas les fameuses billes empoisonnées, mais il avait remarqué les sabres luisants. Un des Préhendes avait brandi le sien et sa pointe menaçait directement le flanc de Blade.

— Lâche ton glaive et descendez tous les

deux ! jeta encore celui qui semblait être le chef.

— Je suis le Conseil du Grand Thrak, intervint alors Iphos d'une voix soudain raffermie. Mon nom est Iphos et je pratique la médecine des corps.

— Descendez quand même de ce hors.

Le poing de Blade se serra davantage sur la poignée du glaive. A voir les mines patibulaires levées vers eux, il y avait du souci à se faire.

Iphos secoua sa tête ensanglantée.

— Pas question. Nous avons été attaqués par des gueux et je dois me rendre au plus vite au camp militaire de la porte de Verre. Un des officiers est très malade.

— Descendez !

L'incident semblait inévitable. Déjà, Blade amorçait le mouvement de relever son glaive. Avec un peu de chance...

— Non ! cria Iphos. Si l'officier meurt, je dirai que c'est à cause de toi.

A condition de pouvoir effectivement le dire. Il y avait gros à parier que les intentions des Préhendes n'étaient pas seulement de les détrousser. A voir leurs faces creusées par la famine, ils avaient très envie de karna fraîche. Autour de la place, les ombres des clochards s'étaient miraculeusement évaporées. L'ambiance s'était brusquement tendue et la sinistre agora-bidonville ressemblait de plus en plus à un coupe-gorge.

— Si tu résistes, clama le chef préhende, je vous fais tailler en petits morceaux.

C'était plus digeste.

— Je te dis que...

— J'ai entendu ce que tu as dit. Je me fous des militaires et de ton officier crevard. J'ai dit de descendre.

— Pourquoi ?

— Contrôle.

— Que veux-tu contrôler ?

— Les Préhendes n'ont pas d'explications à donner.

C'était incontournable. Cette fois, Iphos était à court d'arguments. Blade sentit son désarroi et, malgré ses recommandations, il intervint d'une voix douce :

— Si c'est la bagarre que tu veux, dis-le.

Ce fut comme s'il avait proféré des insultes. Les six Préhendes se raidirent en même temps et la pointe du sabre entra dans sa peau. Si fort qu'il retint une grimace de douleur. Au regard du chef, il comprit qu'il avait vu juste. Sous couvert d'obscurs droits de passage, ces six-là n'étaient que des coupe-jarrets à peine déguisés. Blade planta ses yeux dans ceux du chef et, sur le même ton doux et conciliant, il questionna :

— Sais-tu au moins compter jusqu'à trois ?

Surpris, l'autre hésita, finit par grincer :

— Même plus que ça. Suffisamment en tout cas pour dénombrer les morceaux que je vais faire de ta carcasse bien grasse.

Il exagérait. Chez Richard Blade, il n'y avait que du muscle. Et de très bonne qualité, malgré son vieillissement prématuré.

— Alors, précisa le voyageur interdimensionnel, je vais compter jusqu'à trois. Si au bout de ce compte, toi et tes complices ne vous êtes pas écartés de notre route, je te tue.

On n'avait sans doute jamais parlé ainsi aux Préhendes. Faite avec cette étrange douceur de ton, cette déclaration sonnait étrangement. Mais dans les yeux de Blade, il y avait le signe qu'il ne plaisantait pas.

— Ne fais pas ça ! supplia Iphos. Ils vont nous...

— Un...

— Ils ont bu ! souffla encore Iphos d'une voix blanche. Dans ces cas-là, ils massacrent tout le monde.

— Descendez !

— Deux...

— Tu vas mourir, sale...

Blade ne sut pas de quel qualificatif l'autre voulait l'insulter. D'un furieux coup de talons, il avait fait bondir le hors en avant et, ignorant la brûlure de la pointe du sabre dans son flanc, il avait levé le glaive.

Si vite que personne ne vit vraiment la lame fondre vers le chef des Préhendes.

Exactement vers sa gorge.

L'autre poussa un début de cri, suivi d'un écœurant bruit d'outre qui se vide. Gorge tranchée, il s'écroula, essayant de comprimer la plaie béante d'où s'échappaient des flots de sang. Mais Blade ne s'occupait plus de lui. Déjà, son glaive s'abattait de nouveau. Sur une tête qu'il fendit en deux. Le Préhende couina presque comiquement, lança un regard éperdu autour de lui et s'effondra d'un coup. Comme un arbre abattu. Blade était révulsé par sa propre sauvagerie, mais il songeait aux billes empoisonnées. Il ne fallait pas leur laisser le temps d'en lancer une seule. Abattant son glaive avec l'énergie du désespoir, il poussait toujours le hors en avant, sectionnant tout ce qui se présentait à lui.

— Ils vont nous tuer ! gémit Iphos.

Blade n'écoutait pas. Taillant l'ennemi en pièces, il poussait toujours l'animal qui hennissait d'angoisse. Un sabre s'éleva devant lui et il frappa de nouveau, coupant net un poignet qui se mit à gicler en rouge. Puis le hors bondit, passa le barrage largement éclairci aussi facilement qu'un écran de soie.

Ils étaient passés.

— Vite, vite ! gémit Iphos. Ils vont nous...

Blade n'entendit pas la suite, il venait de ressentir un petit choc dans le dos. Poussant la monture au galop, il passa une main derrière lui, arracha quelque chose de sa chair, la ramena, regarda ce qu'il tenait à présent entre le pouce et l'index.

Une petite bille d'acier... aux piquants gluants d'un liquide poisseux et grisâtre. Il avait été touché par une des terribles billes aux aiguilles mortelles. Et maintenant, le poison coulait déjà dans ses veines.

Un poison sans antidote !

CHAPITRE VI

Blade allait mourir dans d'atroces souffrances.

— Je te l'avais dit ! Je te l'avais bien dit ! se lamentait le vieil Iphos. Je connais leurs habitudes. Ces Préhendes ne sont que des brigands. Maintenant, tu vas mourir. Je ne peux hélas plus rien pour toi. Plus rien !

Il en pleurait presque, le cher Iphos. Pourtant, Blade ne sentait encore venir aucun signe de l'agonie annoncée. Il était seulement sûr d'une chose ; les pointes empoisonnées s'étaient profondément enfoncées dans sa chair. Et le liquide épais qui avait suinté sur ses doigts quand il avait arraché la bille à piquants de lui ne pouvait être que du poison.

Maintenant, accoudé sur une grosse table en bois couverte de bocaux et d'instruments divers, indifférent au décor vétuste du « cabinet » d'Iphos, Blade se laissait examiner à la lumière des torches. Mais le vieil homme avait eu beau chausser son grand nez pointu d'épaisses lunettes toutes rondes et rafistolées, il pestait qu'il n'y voyait rien. Sa blessure n'y était pour rien. Juste une estafilade dans le cuir chevelu.

— Attends, dit-il enfin en se redressant péniblement. Je reviens.

Blade le vit soulever un rideau situé au fond de la pièce et entendit son pas décroître dans les profondeurs de la maison. Un rez-de-chaussée, au fond d'une cour encaissée entre des buildings noirâtres aux façades éventrées. Dans un quartier différent des autres où ils étaient arrivés un moment plus tôt. Un secteur de la mégapole qui avait dû être prospère mais qui avait tourné au sordide sous l'action des pillards et autres squatters. Dans la rue et à l'entrée de la cour, une véritable armée de mendiants scrofuleux et résignés avaient accueilli le vieil homme de l'art par des glapissements plaintifs. A croire que toute l'humanité de cette angoissante dimension habitait dans les rues. Une dimension qui ne semblait être qu'une infinie mégapole en ruine et en décomposition. Un cauchemar.

— Mes plus fidèles patients, avait commenté Iphos avec un cynisme attristé. Et les plus riches, avait-il aussitôt précisé. Les autres ne viennent plus depuis longtemps. Parfois, je vais en aider un à mourir. Gratuitement, bien sûr.

Ce qui allait être le cas de Blade.

Mais il ne voulait pas encore y penser. Tant qu'il ne sentirait rien de plus que ce sourd engourdissement de son omoplate gauche, il n'admettrait pas l'éventualité de sa propre mort.

— Voilà !

Iphos venait de resoulever le rideau et s'avançait vers lui, tout un appareillage en main. Triomphant, il posa le tout sur la table en précisant :

— C'est pour mon bloc opératoire. Mais je ne l'utilise en général que quand mes patients sont complètement anesthésiés. Personne ne sait que j'ai ça ici. On me le volerait.

Blade découvrit qu'il s'agissait en fait d'un jeu de batteries et d'une grosse lampe portable dotée d'un tube apparemment halogène. Quand la lumière blanche et crue l'éblouit, il s'étonna :

— A voir l'état de ruine des lampadaires publics, je croyais l'électricité disparue de ce monde.

Iphos laissa fuser un petit rire sec qui le secoua tout entier.

— Elle a disparu, Richard Blade. Elle a disparu il y a bien longtemps. Aussi, quand j'ai trouvé ceci dans cette ancienne clinique où je...

Il marqua un temps, fixa Blade comme s'il le voyait pour la première fois et questionna, hésitant :

— Tu as bien dit... *électricité* ?

— Oui.

Iphos se pencha, l'observa mieux à la lumière vive.

— Autrefois, nos ancêtres appelaient cela l'Energie Elektra. Cela se ressemble. Comment connais-tu ce mot que tu viens de prononcer ?

— Dans le monde d'où je viens, l'électricité est courante... si j'ose dire.

— Le monde... d'où tu viens ?

— C'est ce que j'ai dit.

Ils s'observèrent en silence, avant que le vieux médecin ne laisse enfin tomber, dépité :

— Tu racontes des histoires.

— Tu sais déjà que non, Iphos. Je devine qu'au fond, tu n'es pas si surpris que cela. Déjà, en m'examinant tout à l'heure, tu as été pris d'un doute. C'est pourquoi tu tenais tant à m'emmener avec toi.

Petit silence.

— Si j'ai bien compris, insista Blade, les hommes de ce monde n'émettent plus de semence durant le coït.

Visiblement troublé, Iphos hésitait. Blade décida de le brusquer.

— Nous pouvons parler sans arrière-pensées, railla-t-il sombrement. Sous peu, je serai mort. C'est dommage. Pour essayer de vous aider, j'ai fait un long et pénible voyage dans l'espace et le temps.

— L'espace et le temps ! Je n'y comprends rien.

— Je t'expliquerai. Examine-moi plutôt.

Le praticien sembla soudain se souvenir de l'état de Blade et, braquant sa grosse lampe, il se pencha dans son dos. Son examen ne dura que peu de temps. Après quelques palpations précises, il se redressa, le visage préoccupé. Puis il plongea son regard aigu dans celui de Blade pour déclarer :

— Je ne peux hélas rien pour toi, Richard Blade.

— Tu me l'as déjà dit.

Blade se forçait à sourire. Il ne voulait pas avoir peur. Pas encore. Il avait frôlé si souvent la mort et affronté tant de dangers que de savoir maintenant l'échéance proche l'emplissait d'incrédulité. En fait, il avait peine à croire que sa route allait s'arrêter là. Peine à imaginer qu'il ne reverrait plus ni J, ni lord Leighton, ni le fog londonnien. Car, curieusement, alors qu'en lui le poison cheminait inexorablement, alors que la mort élevait sa faux pour le décapiter, des souvenirs de sa dimension lui revenaient avec acuité. Comme si le fait d'entrer bientôt dans l'ultime dimension, celle dont personne ne revient, abattait les barrières artificielles de la translation.

— Puisque je vais mourir, dit-il soudain, tu peux tout me dire.

— Tout ?

Il y avait toujours de l'incrédulité dans les yeux las du praticien.

— Qu'entends-tu par *tout dire ?* demanda-t-il.

— Raconte-moi ta dimension. Je veux dire, ton monde.

— Toi d'abord.

— Pourquoi, moi d'abord ?

— Parce que... si tu me convaincs, je te révélerai peut-être quelque chose d'important.

Blade n'avait pas le temps d'ergoter. Il parla de Londres, du Projet DX, de ce qu'il savait de

Geronya, de son propre vieillissement provoqué et de sa mission ici. Quand il eut terminé, le praticien s'étonna :

— Ainsi, malgré ton apparence analogue à la nôtre, tu serais un jeune homme plein de force et de vitalité ?

Blade l'en assura, précisant que cette vitalité allait bientôt décliner. Poison oblige. Iphos garda le silence si longtemps que Blade se dit qu'il n'avait pas réussi à le convaincre. Puis il entendit comme une sorte de sanglot et se retourna pour voir le vieil homme s'essuyer hâtivement un œil sous les verres des lunettes.

— Je le savais, dit-il. Je savais qu'un jour quelqu'un viendrait à notre secours.

Il se tut, reprit plus bas, plus désespéré :

— Et voilà que cet Envoyé que tu es va mourir !

— Nous n'y pouvons rien, dit Blade. Maintenant, parle. Peut-être en sortira-t-il quelque chose de positif.

Encore une brève hésitation du médecin qui se décida d'un coup en questionnant :

— Comment te sens-tu ?

Blade lui envoya un sourire contraint.

— Je vis toujours.

— Alors, puisqu'en réalité tu es jeune, tu vas tout comprendre mieux que quiconque. Suis-moi.

Blade se leva, emboîta le pas au vieillard. Ils passèrent le rideau, longèrent un couloir, émergèrent dans une immense pièce en forme de nef d'église, où s'alignaient plusieurs rangées de bat-flanc. Tous occupés. Par des malades, des moribonds gémissants. Çà et là, quelques torches brûlaient éclairant ce décor lamentable d'hospice moyenâgeux. Soudain, dans le concert lugubre des tous, des ronflements et des lamentations, une ombre jaillie de nulle part se matérialisa devant les deux hommes. Secouée par un rire qui ressemblait à un grincement de porte, la « chose » bossue et vêtue d'un simple sac en toile rapiécée leva vers eux une face ravinée et couturée de cicatrices. Un des yeux globuleux semblait prêt à quitter son orbite, les dents manquaient presque toutes dans la bouche au souffle fétide et le crâne pelé et croûteux suintait d'un liquide glaireux.

— O Maître Iphos ! grinça l'apparition cauchemardesque. Que ta science infinie et toi-même soyez bénis entre tous. Ce soir, nous n'avons encore qu'une demi-douzaine de morts à déplorer.

Blade fronça le nez. L'odeur du monstre était repoussante. A elle seule, elle devait être responsable des morts en question. Iphos sourit, flatta amicalement la bosse du « Quasimodo » et le félicita :

— C'est bien, Greah. C'est très bien.

Puis il entraîna Blade entre les rangées de litières en renseignant à voix basse :

— Greah est une sorte de saint. Je l'ai autrefois sauvé d'une fièvre maligne et depuis, il voue toute son énergie à soulager les autres. Il ne dort presque jamais, ne boit que de l'eau et ne mange que quelques restes.

Blade se demanda *in petto* de quels « restes » le monstre faisait son ordinaire.

— Sans lui, reprit le vieux médecin, je n'aurais personne pour soigner mes pauvres malades.

Malgré l'angoisse qui l'étreignait à l'approche de sa propre mort, Blade ne put s'empêcher d'interroger :

— N'as-tu que ces cas désespérés à traiter ?

— Non ! Bien sûr que non. Mais viens. Tu vas mieux comprendre.

Ils quittèrent la salle commune par une porte basse en bois sculpté de superbes scènes allégoriques. L'ensemble partait en lambeaux, en poudre et en moisissure.

— La vermine, expliqua Iphos en suivant le regard de Blade. La vermine. Mais comme de toute façon, personne ici ne s'intéresse plus à l'art... Viens.

Ils venaient d'aboutir dans un vaste hall, lui aussi encombré de malades. Entassés un peu partout, pleurant chacun sur ses misères, ils regardèrent passer les deux hommes avec des regards fiévreux et désespérés. L'un d'eux se précipita aux pieds d'Iphos en gémissant.

— Tue-moi, ô Maître Iphos ! Abrège mon calvaire ! Je souffre trop pour vivre encore ainsi !

Blade recula, horrifié. Des hardes puantes, c'était un corps nu de vieille femme à la peau grise qui émergeait. Du ventre à la pilosité rare et filasseuse sourdait un liquide épais et peu ragoûtant. Avec des gestes d'une infinie douceur, Iphos repoussa la vieille en promettant :

— Cette nuit, il y aura encore des lits vides. Tu en auras un demain matin.

En attirant Blade à sa suite, il précisa :

— Si j'écoutais les supplications de cette humanité perdue, l'euthanasie serait la principale activité de cet hôpital.

— Est-ce la même chose dans les autres... hôpitaux ?

Iphos toussa un petit rire sec et désenchanté.

— Les autres hôpitaux, soupira-t-il en levant les yeux au ciel. Mais celui-ci est le *seul* hôpital. Sur tout Geronya.

Blade en resta pantois. Rien que ce mouroir, pour une telle humanité ! Il questionna :

— Mais à combien se monte la population de Geronya ?

Nouveau petit rire dépité d'Iphos.

— Je ne saurais te dire... à cent ou deux cents milliards près.

— Hein ?

L'exclamation avait spontanément jailli de Blade. Il s'était arrêté sur place, devant une autre petite porte également sculptée. Faisant peser sur Iphos un regard incrédule, il répéta :

— A cent... ou deux cents milliards près ?

— Et encore. Sans doute suis-je en deçà des chiffres véritables. Je ne parle d'ailleurs que de l'humanité de Krudah et de Tab, qui ne sont elles-mêmes qu'une partie de notre monde. Quant à la population globale de Geronya, elle est devenue impossible à estimer.

Incroyable ! J avait certes fait allusion à une dimension surpeuplée, mais il était resté dans le vague. Ce que laissait maintenant entendre le médecin dépassait l'imagination.

— Mais viens, invita encore Iphos. Viens. Je t'expliquerai tout cela après. Quand tu auras vu.

Sur cette dernière phrase sibylline, il sortit un trousseau de clés de ses hardes, ouvrit la porte et entraîna Blade dans un couloir. Long, désert et propre, aux parois en pierre taillée, dallé de marbre usé, éclairé par quelques torches suspendues çà et là. Comparé au reste de « l'hôpital », ce corridor était un havre de paix. Iphos précisa :

— C'est par là que passent mes futurs opérés. Jusqu'alors, seuls Greah, moi-même et les malades en question ont franchi cette porte. Mais ces derniers sont toujours anesthésiés avant. Il ne faut pas qu'ils sachent. Si en ville on apprenait ce qui se cache ici, des hordes de pillards déferleraient aussitôt. Ce serait une catastrophe. Même le Grand Thrak ignore tout de ce que tu vas voir.

Il leva les yeux sur Blade pour déclarer froidement :

— Si tu ne devais pas mourir très bientôt, je ne t'aurais rien montré.

Charmant. Blade avait un instant réussi à oublier son angoisse et cette dernière revenait à présent au galop.

D'un autre côté, le mystère s'épaississait. Comme ce silence inattendu et bienvenu. Tout au bout du couloir, il y avait une autre porte. Mais celle-là était métallique. Peinte en gris, rébarbative et apparemment solide. Nouvelle manipulation de clés, avant que le battant ne s'ouvre... sur une cage.

Un monte-charge !

Un vrai. Avec ses parois et son plancher en acier, sa grille d'accès et son tableau de commandes électrique ! Voyant l'étonnement de Blade, Iphos sourit fièrement :

— Je l'ai remis en état moi-même. Quand je l'ai découvert, il n'avait pas fonctionné depuis si longtemps que la graisse des mécanismes s'était minéralisée. Aussi dure que le marbre du couloir. Certes, ajouta-t-il en pénétrant dans la cabine, il y a encore beaucoup d'ascenseurs à Geronya, mais celui-ci est le seul qui fonctionne. Forcément, acheva-t-il en posant son doigt sur un des curseurs digitaux du tableau de commandes. Faute de ce que tu appelles électricité... D'ailleurs, à part moi, plus personne ne doit s'en souvenir. La plupart des habitants de notre monde s'imaginent qu'il faut hisser les cabines à la force des bras. Y compris dans les plus hautes Maisons du Ciel.

Blade comprit qu'il faisait allusion à ces tours décrépites qu'il avait aperçues un peu partout en ville, mais tandis que la cabine s'ébranlait vers de mystérieuses profondeurs, Iphos précisa dans un petit rire de dérision :

— Sans doute la fierté des humanités passées, ces Maisons du Ciel. Hélas faute d'entretien et soumises au pillage et au vandalisme, elles ne sont plus maintenant que de dangereuses carcasses vides et instables. Parfois, l'une d'elles s'écroule avec son lot d'occupants clandestins et sur toute une population massée alentour. Cela donne quelques centaines, voire un ou deux milliers de morts, mais ceux qui ont élu domicile dans les autres Maisons du Ciel ne les évacuent pas pour autant. A croire que cette humanité n'a plus d'autre aspiration que le suicide.

Le monte-charge venait de stopper. Derrière les grilles, Blade aperçut un grand hall triangulaire sur lequel s'ouvraient trois autres couloirs. Mais ici, plus question de torches. Bas et relativement propres, les plafonds étaient entièrement constitués de dalles luminescentes qui diffusaient une chiche lumière orangée de veilleuses.

— Il faut économiser l'Energie Elektra, précisa Iphos. Un jour, nous ne trouverons plus de batteries et c'en sera fini de tout ceci.

— Où te les procures-tu, ces batteries ?

Ils quittèrent le monte-charge et Iphos avoua :

— Uniquement dans les sous-sols des anciens hôpitaux ou autres établissements de soins, ainsi que dans les caves des anciens ministères, mais nulle part ailleurs. Sans doute s'agissait-il autrefois de matériels de très haute technicité, rares et fournis avec parcimonie.

— Sans doute, fit Blade, songeur.

Il essayait de réfléchir, mais l'idée du poison mortel circulant dans ses veines lui taraudait l'esprit. Il se sentait comme un condamné à mort sur le point d'apprendre un secret capital dont il ne pourrait user.

— Par ici, invita le vieux médecin. Suis-moi, Richard Blade.

Blade lui emboîta le pas et ils parcoururent une vingtaine de mètres de couloir avant d'aboutir dans un deuxième grand hall carré où s'inscrivaient plusieurs portes, dont une, plus large, à deux battants à la peinture verdâtre écaillée et boursouflée. Mais délaissant cette dernière, Iphos en ouvrit une autre et attira Blade dans une petite pièce occupée du sol au plafond par des casiers.

Un vestiaire.

Propre. Séparé par des portes en verre d'une petite pièce ronde agencée en salle de douches. Avec ces installations rassurantes et ses casiers pleins de linge bleu clair parfaitement rangé, on aurait pu se croire dans une clinique de la dimension de Blade. On aurait pu croire que le temps s'était arrêté et que tout ceci n'avait été qu'un mauvais rêve. Mais Blade savait qu'il n'en était rien. Quelle que soit cette dimension déroutante, le temps n'avait pas suspendu son cours et le poison coulait toujours dans son sang. Il ignorait dans combien de temps il commencerait à en ressentir les premiers effets, mais il s'efforçait de ne pas y penser. Il avait encore tant de choses à apprendre.

Son seul grand regret était qu'il lui serait alors impossible d'accomplir sa mission. Il n'apporterait jamais à lord Leighton et à J la preuve qu'ils attendaient. Une preuve qui aurait peut-être pu infléchir le cours de progression de leur propre dimension. Mais il en était des choses capitales comme des anodines, elles étaient régies par les mêmes lois du hasard et de la chance.

Cette fois, le hasard avait mal fait les choses et Blade avait manqué de chance...

— Déshabille-toi, Richard Blade. Nous allons nous doucher et revêtir des blouses propres. Je tiens à conserver ce lieu dans une relative asepsie.

— Tout ce linge, questionna Blade. Il a l'air neuf. Y en avait-il un tel stock ?

— Non, non ! Il y a des lunes et des lunes, j'ai simplement découvert un dépôt de tissus non loin d'ici. Pour le besoin de la cause, certains de mes jeunes ont appris la couture.

Il souriait, content. Ils passèrent sous les jets froids d'une batterie de douche alimentée par réservoir et se savonnèrent longuement.

— Pardonne-moi cette eau glacée, dit Iphos. Je dois conserver toute l'Energie Elektra pour les besoins médicaux.

Au passage, il vint examiner le dos de Blade et hocha la tête, dubitatif :

— Hum, fit-il. Pas beau à voir. La boursouflure est toute noire.

Il observa un silence, puis, secouant de nouveau la tête, il soupira, désolé :

— Processus classique. Hélas. Mais comme tu sembles particulièrement résistant, il se pourrait que le poison mette plus de temps à te terrasser. Tu devrais donc bénéficier de quelques heures de rémission.

Il parlait de la mort avec une sorte de détachement fataliste. Il faut dire que dans son monde fait de violence et de barbarie, on ne pouvait s'attendre à trop de sensiblerie. Il lui remit une blouse parfaitement propre et repassée ainsi que des chaussons en toile de même couleur et tout aussi propres. Blade se demanda si c'était Greah le bossu qui se chargeait de l'intendance. Il passa la blouse et les chaussons, se laissa entraîner vers une porte que lui désignait Iphos.

— Voici ma fierté, Richard Blade, énonça le vieux praticien en le faisant pénétrer dans une pièce circulaire et nimbée d'une douce lumière ivoire.

Le bloc opératoire.

Au centre de la pièce aux murs tapissés d'une matière qui ressemblait étrangement à du satin solidifié, une table d'opération aux mécanismes sophistiqués trônait sous un scialytique en métal blanc de forme futuriste. Sur des chariots entourant la table, des bacs en acier vif à peine oxydés. Prévus pour le matériel d'intervention.

— Voilà, Richard Blade ! s'exclama Iphos. Ceci est toute ma vie. Cette clinique renferme également plusieurs salles d'examen et un bloc de dissection que j'ai installé moi-même. Car n'ayant qu'une formation restreinte en matière de chirurgie, j'ai dû moi-même m'initier. Heureusement, les archives de ce centre contenaient livres, documents visuels et matériel de visionnage. Il m'a donc été facile de pallier certaines de mes lacunes.

Interdit, Blade questionna :

— Tu es sûr d'être le seul à avoir découvert ce genre de trésor ? Aucun autre médecin de cette dimension n'aurait-il pu avoir la même chance ?

Mine désolée d'Iphos.

— Quand tu connaîtras l'histoire de Geronya, quand tu sauras que la folie des humains de ce monde les a conduits à proscrire tout progrès par peur du cataclysme, tu comprendras mieux la sauvagerie et l'obscurantisme qui les ont poussés à détruire aussi des centres comme celui-ci. Dans tout Geronya, il doit être le seul à subsister.

— Justement. Comment cela est-il possible ? Comment juste celui-ci a-t-il pu être épargné ?

Un léger sourire étira la bouche ridée du vieil homme.

— Pour une raison bien simple, dit-il. Cette clinique ne figurait sur aucun registre. Elle était clandestine. Sans doute devait-elle couvrir quelques expériences secrètes ou simplement illégales. Quoi qu'il en soit, sans ce formidable coup de chance qui me fit la découvrir derrière un mur visiblement destiné à la soustraire aux recherches des vandales, Geronya ne posséderait plus aucune installation sanitaire de pointe.

Blade n'en revenait pas. Que l'homme, de quelque dimension qu'il soit, ait ainsi renié jusqu'à son propre espoir de survie par la médecine le sidérait. Il en avait presque oublié le drame invisible et sournois qui se jouait dans son propre sang. Il argumenta :

— Mais toute cette somme de connaissance devrait être exploitée par beaucoup. Tu aurais pu faire école, former des...

A cet instant, un léger grincement de porte résonna dans son dos. Dans la seconde suivante, une ombre se projeta sur le mur, tout près de lui. Avec deux mains qui se tendaient vers sa nuque. Deux grandes mains aux doigts écartés.

Deux mains menaçantes.

CHAPITRE VII

Prêt à tout, Blade se retourna d'un bloc et demeura saisi.

Masquées, mains gantées de matière transparente et levées à hauteur des épaules, coiffées de bonnets qui retenaient leurs cheveux blonds et vêtues de blouses impeccables, elles demeuraient toutes deux sur le pas du sas stérile, figées, incrédules.

Autant saisies que Blade.

Cela se voyait à l'expression des deux paires de grands yeux mauves qu'elles dardaient sur lui. Des yeux de femme, magnifiques, lumineux et pleins de vie. Des yeux qui possédaient quelque chose d'exceptionnel.

Ils étaient jeunes.

Iphos soupira, se frappa le front d'un air excédé en levant les yeux au plafond.

— J'ai encore oublié ! dit-il. Dès que je pénètre dans le bloc, un signal les prévient qu'elles doivent intervenir. J'ai omis de neutraliser le système.

Il soupira encore, ajouta :

— Je vieillis.

Les deux apparitions restaient figées, comme attendant un signal particulier. Elles semblaient émues. Blade voyait les pointes aiguës de leurs seins soulever un peu trop vite la toile de leurs blouses. Le vieux médecin haussa les épaules, finit par présenter :

— Avah et Enahé. Deux de mes arrière-arrière-petites-filles. En fait, précisa-t-il tristement, elles sont les seules rescapées de tous mes descendants. Quant à leurs parents et grands-parents, nul ne sait ce qu'ils sont devenus. Tous perdus dans l'incalculable masse des Geronyens.

Blade leva un sourcil étonné.

— Je croyais tous les jeunes soit enfermés dans les camps de reproduction, soit dévorés avant de grandir.

Tandis que les deux jeunes filles baissaient enfin les bras en observant Blade avec effarement, Iphos secoua la tête.

— Presque tous, rectifia-t-il. Pour répondre à ton interrogation de tout à l'heure, j'ai précisément créé cette école dont tu parlais. Avah et Enahé ont déjà acquis le niveau suffisant pour m'assister en salle d'opérations. Les autres sont surtout employés en soins.

— Les autres ! Tu veux dire que...

— Bien sûr, coupa Iphos, je ne réussis que très rarement à sauver un enfant. Il faut faire très attention à ne pas mettre les autres en danger. En général, cela se passe en accouchement. Quand je peux endormir la parturiente et que celle-ci n'a pas de famille.

— Il y a donc des femmes assez jeunes pour enfanter ? Je veux dire, des femmes à la fois libres et en âge de faire des enfants ?

Petit sourire modeste du médecin.

— Parmi les pondeuses en fin de cycle libérées des camps, certaines que l'on croyait définitivement stériles ont un petit « accident » et je dois parfois intervenir pour un accouchement difficile. Il m'arrive alors de déclarer l'enfant mort-né et de l'emporter... en guise de prime.

— Je vois, dit Blade. Et à terme, ces enfants-là constituent tes disciples.

— Tu vois juste, s'anima Iphos en se frottant les mains. Bientôt, j'aurai formé suffisamment de jeunes pour assurer une relève décente. Je pourrai alors disparaître. Car, issus d'une autre culture, mes successeurs sauront changer ce monde. Ou plutôt, forts de ce que je leur aurai inculqué, ils feront en sorte de faire rebrousser chemin à cette société démente.

— Tu veux dire, la faire régresser ?

— Je veux dire qu'il faut revenir aux points moral et philosophique où le changement s'est opéré dans notre société. Il faut tout reprendre depuis l'époque où l'humanité est entrée dans la dynamique de la folie. Depuis lors, nous avons pris la mauvaise direction. Eux, ils sauront désormais ce qu'il ne faut pas faire.

— Un tel « retour » ne pourra s'opérer que dans le chaos et la douleur. Tu le sais.

— Bien sûr que je le sais. Tant pis. Avec nos progrès technologiques, notre irrespect du naturel et ensuite avec nos remèdes, nos changements de cap insensés, nous nous sommes trompés de bout en bout. Maintenant, il faut réparer. Rendre ce monde aux lois naturelles, à la jeunesse, au cours normal de la vie. Quand le système s'écroulera, cela fera forcément des milliards et des milliards de morts violentes. Si c'est le prix du salut, il faut payer. Sans regrets et sans faiblesse.

— A ce propos, intervint Blade, je suppose que tu as un plan ?

— J'en ai un.

— Si tu me parlais de tout ça, avant que je ne meure ? Je pourrais peut-être t'aider.

Iphos hésita, consulta ses arrière-arrière-petites-filles du regard, mais ces dernières étaient encore sous le coup de la surprise. Depuis leur naissance, elles n'avaient jamais vu les habitants « d'En Haut » qu'endormis par les anesthésiques. Et puis, cet « En Haut »-là ne ressemblait guère à leur aïeul. Beaucoup moins vieux. Surtout ce corps qu'elles devinaient par les échancrures de la blouse, et ce regard aigu, terriblement troublant qu'il laissait parfois peser sur elles.

Cet En Haut était décidément étrange. Et encore très beau.

Hélas, il venait de faire allusion à sa mort prochaine et elles n'y comprenaient rien. Malgré ses ecchymoses et ses estafilades, il semblait en pleine forme. Elles auraient bien aimé poser des questions, mais Maître Iphos ne l'aurait pas toléré. Malgré sa bonté naturelle, il était très autoritaire. Il prétendait qu'une vie harmonieuse débutait par le respect des autres et l'obéissance au maître. Il disait que c'était en perdant ces valeurs de base essentielles que l'humanité avait commencé son déclin. Elles savaient d'instinct qu'il disait vrai, elles obéissaient. Comme lui obéissaient tous ses disciples du Monde d'En Bas, celui de la Science et de la Sagesse.

C'était à ce prix qu'ils sauveraient Geronya.

— D'accord, se décida soudain Iphos en saisissant le bras de Blade. Je vais tout te dire. Peut-être alors m'aideras-tu à trouver des idées avant ta mort. Mais pas ici. Les plus concernés sont mes disciples. Puisque tu prétends venir de si loin dans le temps et l'espace pour nous aider, je veux qu'ils te voient et qu'ils t'entendent. Car, en fin de compte, ce sont eux qui décideront de la conduite à tenir.

Il tira Blade par la manche en le pressant :

— Viens. Rejoignons-les.

Avah et Enahé tournèrent les talons, offrant à la vue de Blade de charmantes portions de peau par les ouvertures dorsales de leurs blouses. Au passage, il nota qu'elles ne portaient même pas de dessous et cela l'émut plus que de nature de la part d'un mort en sursis. Car dans la dernière fente inférieure des blouses, il pouvait deviner les mignons sillons de leurs croupes nerveuses. A la vérité, Avah et

Enahé semblaient être de superbes filles. Restait à savoir ce que dissimulaient les masques.

Il le vit un instant plus tard, avec le reste.

Quand ils passèrent tous dans le vestiaire pour s'y déshabiller ensemble, Avah et Enahé le firent sans la moindre gêne. Dans leur Monde d'En Bas, cela devait être naturel. S'aidant mutuellement, elles détachèrent leurs lacets de blouse et s'en débarrassèrent avec les gestes naturels de l'habitude. Blade put alors admirer deux corps parfaits, avec des courbes, des pleins et des déliés juste où il le fallait. Presque identiques, les deux filles ne masquaient rien de leurs nudités. Mêmes petits seins ronds et fermes, mêmes fesses joliment cambrées et presque les mêmes cheveux aussi. Blonds, longs, étonnamment éclatants pour des cheveux qui ne voyaient jamais le soleil. Seules, la nuance du blond en question, la couleur des yeux, la bouche et la forme générale du visage les différenciaient réellement. Le mauve des prunelles d'Avah était plus soutenu, sa bouche plus charnue et ses cheveux plus « vénitiens ». Avec ce petit quelque chose d'espiègle dans le regard qui la rendait plus attirante à Blade. Apparemment plus réservée, Enahé ne cessait d'ailleurs de la presser d'enfiler une combinaison intégrale en espèce de lastex d'un blanc très vif.

Mais Blade avait précisément surpris le dernier regard d'Avah. Un regard enveloppant qui l'avait rapidement mais complètement détaillé des pieds à la tête.

En insistant, lui avait-il semblé, sur certains endroits très précis de son anatomie. Car le « traitement » des spécialistes de J n'avait pas tout exagérément vieilli en lui. Certaines parties de son anatomie étaient demeurées d'une tonicité étonnante.

— Pressons ! houspilla Iphos qui s'était déjà rhabillé. Notre invité Richard Blade va malheureusement bientôt mourir. Il ne faut pas perdre de temps.

Cette belle franchise ramena Blade à la réalité. Bien que ne ressentant rien encore des effets annoncés du poison, il se sentait gagné par une fatigue grandissante. Sans doute le début du processus.

Tout le monde rhabillé, Avah ouvrit le couvercle d'un boîtier métallique encastré près de la porte et composa un code sur un clavier digital. Tout un matériel qui donnait à Blade l'impression de ne pas avoir quitté sa propre dimension. Hélas, ce qu'il avait vu du Monde d'En Haut ne lui laissait aucune illusion. Il était très loin de Londres...

— En route, pressa encore Iphos. Dépêchons !

Comme s'il avait à présent hâte de se décharger enfin d'un fardeau devenu trop lourd pour ses vieilles épaules. Ce qui était peut-être le cas. Ils se retrouvèrent dans un couloir entrecoupé de portes closes numérotées et irisé de la lumière « veilleuse » de rigueur.

— Les anciennes salles de soins, commenta Iphos en désignant les portes. Les deux autres couloirs desservent des chambres. Pour cacher ainsi ses malades en sous-sol, cette clinique devait être très secrète.

Les deux filles ouvrant la marche, ils arrivèrent ainsi devant une autre porte qu'elles ouvrirent pour laisser passer les deux hommes. Blade suivit Iphos, découvrant alors un petit amphithéâtre. Avec sa coupole, des gradins de pierre blanche, le même éclairage tamisé que partout, un bloc opératoire central surmonté d'un scialytique, une estrade faite de la même pierre blanche, sur laquelle s'élevait une grande table de conférence en acier mat. Derrière elle, un vaste tableau bleu sourd, éclairé par des rampes lumineuses pour le moment éteintes.

Un amphithéâtre aux peintures écaillées par endroits et à la pierre des gradins lustrée, mais un amphithéâtre comme il en existait dans beaucoup d'universités de la dimension de Blade. Seules différences : le bloc opératoire qui rappelait un amphi d'études de faculté de chirurgie et la demi-« bulle » en verre qui séparait les gradins du reste.

Un amphi plein à craquer !

Au moins cent personnes. Jeunes, des deux sexes, assises et immobiles sur les gradins. Toutes vêtues des mêmes combinaisons blanches qui moulaient leurs corps avec précision.

A l'entrée du quatuor, l'assistance se leva avec ensemble. Iphos leur fit signe de se rasseoir et installa Blade en sa compagnie à la table de conférence, tandis que les deux filles allaient s'asseoir de part et d'autre de l'estrade.

— Mes amis, lança alors Iphos en s'adressant à la petite foule de jeunes, voici Richard Blade.

Petit silence, puis :

— Cet homme qui offre toutes les apparences de ceux du Monde d'En Haut, se prétend venu d'ailleurs, au-delà du temps et de l'espace, envoyé par d'autres intelligences, pour nous venir en aide.

A cet instant, Blade sentit un frisson glacé le parcourir et sa vue se brouilla. Au fond de son crâne, il y eut comme un coup de gong et il chancela sur place. Puis son corps s'amollit subitement et il bascula en avant.

Iphos avait parlé trop tôt. Blade ne pourrait plus aider personne. La mort allait l'en empêcher.

CHAPITRE VIII

— ...chard Blade ! Que se passe-t-il ?

Blade tendit les mains en avant, sentit d'autres mains le retenir. Elles étaient fraîches et douces. Elles étaient la vie. Cette vie qu'il quittait avant d'avoir pu accomplir sa mission sur Geronya. Cette mission si importante que J l'avait même qualifiée de *capitale*. Il entendait une rumeur autour de lui et il se dit bêtement qu'il n'avait pas vu de micros. Le système acoustique avait été habilement dissimulé. Cette dimension offrait décidément d'étranges similitudes avec la sienne.

— Non !

Il entendit sa voix, la trouva étrange. Mais il avait mis tant de volonté dans ce refus de mourir déjà qu'il sentit bientôt le malaise s'estomper. Il rouvrit les yeux, n'eut d'abord qu'une vision floue du décor, puis l'amphi redevint net et il distingua même les jeunes visages derrière les glaces. Il se redressa, sourit à Avah et Enahé pour les remercier et s'assit enfin près d'Iphos. Inquiet, ce dernier l'observa un instant, puis, apparemment rassuré, il lança à l'intention de l'auditoire :

— En m'accompagnant jusqu'ici, mon nouvel ami Richard Blade a été touché par une bille à poison des Préhendes.

Un murmure horrifié s'éleva que le vieil homme fit taire en précisant :

— Aussi ne devons-nous pas perdre de temps.

Il résuma aussitôt ce que lui avait révélé Blade, faisant naître çà et là quelques réactions stupéfaites, avant de déclarer :

— Que ceux qui ont des questions à poser à Richard Blade se manifestent maintenant.

Des dizaines de mains se levèrent aussitôt, tandis qu'une rumeur excitée montait des gradins. Iphos demanda le silence, précisa avec autorité :

— Pas de curiosité exagérée. Seules, les questions portant sur la mission dont Richard Blade se dit investi seront reçues.

Quelques bras s'abaissèrent docilement et les questions commencèrent à pleuvoir. Bien que se sentant de plus en plus fatigué, Blade y répondit longuement, fournissant toutes les précisions qu'on lui demandait, ne cachant rien, ni du Projet DX ni de la mission qu'il comptait mener avec leur accord.

— Néanmoins, précisa-t-il, je ne pourrai éventuellement agir qu'en parfaite connaissance de cause. Si vous souhaitez que j'essaie de vous aider, il faut tout me dire.

— Un instant, intervint Iphos. Cette question doit être votée. Il s'agit de votre propre avenir. Vous seuls en êtes désormais maîtres. Sur cette question capitale, je ne me positionnerai devant vous qu'en tant que guide spirituel.

Cela devait être la première fois que le vieux savant tenait ce langage, car un brouhaha s'éleva soudain, enflant peu à peu, avant de s'éteindre. Au premier rang, juste derrière la paroi de verre, un grand jeune homme brun au regard sombre et pétillant d'intelligence s'était levé. Le silence retomba, complet. Dans cette petite communauté de miraculés, une solide hiérarchie semblait instaurée.

— Richard Blade, lança le garçon, tout ce que tu viens de révéler est si étrange que nous avons peine à te croire ! Néanmoins, tu sembles droit, loyal et fort. Autant de qualités enseignées depuis toujours par notre Maître Iphos. Aussi, puisqu'il semble te faire confiance, nous en remettrons-nous encore une fois à son sage jugement.

Il observa un temps mort, fixant Blade de ses yeux noirs, avant d'ajouter :

— Bien sûr, le poison des Préhendes ne t'en laissera guère le temps, mais si tu es vraiment venu jusqu'ici pour nous aider, sois-en remercié jusqu'à la fin des temps.

Sur ces mots, il se rassit, laissant s'établir un nouveau silence. Lourd de solennité.

— Tu auras au moins le temps de me donner conseil, Richard Blade, corrigea Iphos. Tes aventures antérieures dans l'espace-temps ont forgé ton âme et ton corps. Je devine ta grande expérience des choses de la guerre et je sais que tu sauras m'aider.

— Il me faudrait en savoir un peu plus sur Geronya, insista Blade. Le temps presse.

Il se sentait de plus en plus las et craignait que les effets du poison ne se manifestent brusquement à nouveau. Iphos arbora une mine embarrassée, finit par avouer :

— Je ne sais de notre monde que ce que la mémoire populaire en colporte, Richard Blade. Dans la nuit des temps, notre monde ne portait pas le nom de Geronya, mais nous ignorons à présent comment il s'appelait alors. C'était un monde qui avait le culte du progrès et, bientôt, la science trouva le moyen de ralentir considérablement les effets du vieillissement. Si bien que les populations se multiplièrent de manière exponentielle et que les ressources naturelles de ce monde devinrent insuffisantes. Dans chacune des nations qui le composaient, il existait un Conseil des Sages et chacun d'eux était chargé de veiller sur de nombreuses archives et sur les Ecritures Sacrées. Bien sûr, ces sages s'inquiétèrent bientôt de cette surpopulation vieillissante et du manque croissant des ressources. Ils tentèrent de refaire admettre le concept classique de la mort naturelle, mais le mal était déjà trop ancré dans les consciences. Chacun voulait désormais vivre et vivre toujours plus. Même très vieux, très malade et très las... de vivre.

« Cet état d'esprit déclencha des révolutions idéologiques successives qui furent si radicales que les Sages furent massacrés, que les Textes Sacrés et les archives disparurent et que les dictateurs se succédèrent de complots en assassinats. On ne voulait plus penser. On voulait seulement vivre. Et comme il fallait quand même subsister, que la terre et l'eau s'étaient peu à peu couvertes de villes et ne dispensaient donc plus leur manne nourricière, on commença à dévorer la chair humaine.

Iphos soupira, reprit d'un air sombre :

— Cela se fit d'abord discrètement, mais sous la poussée de la nécessité, on en vint bientôt à se nourrir officiellement des morts. Mais comme la chair trop vieille de ces derniers était à peine consommable, on en vint peu à peu à la chasse à l'homme. Les criminels, puis les voleurs et enfin les simples jeunes voyous constituèrent bientôt des plats de luxe.

— Je vois, fit Blade, doucement. Il n y a donc plus guère d'espoir. La libération éventuelle des sujets jeunes des camps ne résoudra pas le problème. A moins d'un massacre généralisé.

— C'est vrai, admit le vieil Iphos. Pourtant, je persiste à croire au miracle.

— Comment cela ?

— Selon certaines indiscrétions non vérifiées, un seul rescapé de l'holocauste serait encore vivant. Le Grand Maître des Sages de toutes les nations. Il aurait été épargné parce qu'il détient les deux Secrets Fondamentaux.

— Les Secrets Fondamentaux ?

— Celui de la création de notre humanité.

— Tu as parlé de *deux* Secrets Fondamentaux.

— Selon les mêmes indiscrétions, il détiendrait aussi celui de notre... disparition.

Blade fronça les sourcils.

— Tu veux dire... de la disparition de *toute* l'humanité ?

Iphos ne répondit pas tout de suite. Il laissa planer un long regard sur l'assistance restée derrière les glaces, parut s'abîmer dans un duel de conscience, finit par lâcher d'une voix contenue :

— Oui.

Blade se tendit en avant, intéressé. Il en avait presque oublié son propre drame.

— Sait-on où est retenu ce Grand Maître des Sages ?

Mine désolée du vieil Iphos.

— Non, avoua-t-il. On sait seulement qu'il est en retraite forcée en un lieu inaccessible aux Geronyens. Un lieu dont il pourrait lui-même s'échapper s'il le voulait, mais, en le faisant, il sait qu'il déclencherait le plus effroyable de tous les génocides.

— Comment cela ?

— Geronthe XXXVI s'est arrogé le commandement du fer, du feu et de tous les cataclysmes. De rage, il réduirait en cendres le monde de Geronya et ses centaines de milliards d'occupants.

— Qui est Geronthe XXXVI ?

— Le dictateur actuel de Geronya. Trente-sixième du nom. Un homme fourbe et féroce qui règne sur une armée sanguinaire et sur une population privilégiée de ploutocrates qui gère les dernières terres viables de ce monde.

Geronthe. Un nom auquel ni lord L. ni J n'avaient fait allusion. Il semblait que Blade ait encore beaucoup à apprendre sur cette étrange et redoutable dimension. Il questionna :

— Sait-on au moins où trouver ce Geronthe ?

— Bien sûr. Son palais est érigé en plein Greelaandh. Cette riche enclave dont je viens de parler.

— Il y en a donc encore une. Tant mieux. Le temps venu, cette zone privilégiée pourra au moins servir de modèle. Comment y va-t-on ?

Mine de dérision d'Iphos.

— On sait comment on y va, mais on ignore comment y pénétrer. Il s'agit d'un immense territoire. Grand comme toute une nation. A l'origine, c'était la nation la plus belle et la plus fertile. Les prédécesseurs de Geronthe XXXVI l'ont fait entièrement cerner par un *no man's land* infranchissable. Le tout est entouré de remparts invisibles mais inviolables. Tout un complexe réseau d'Energie Elektra. Autour, l'immense mégapole ininterrompue qu'est devenu ce monde s'arrête net, formant un cercle noir et surpeuplé de milliers de mihls de circonférence. Un immense cercle de misère d'où l'on peut contempler le Greelaandh sans pouvoir y accéder. C'est dans cette zone circulaire de Geronya qu'on enregistre le plus de suicides. C'est aussi là que la population est la plus massive. Précisément à cause de ces suicides en masse qui sont de grands pourvoyeurs de karna fraîche.

L'atrocité dans l'acception du terme. Iphos secoua la tête, désolé.

— A ma connaissance, aucun Geronyen ne pourrait te dire comment franchir ces barrages d'Energie Elektra.

Il hésita, lâcha du bout des lèvres :

— Je ne me souviens que de cette vieille femme...

Il se tut, hésita encore, reprit avec réticence :

— Une sorte de guérisseuse. Une adepte du charlatanisme. Il y a très longtemps, Geronthe avait eu recours à ses services. Pour des problèmes... d'impuissance sexuelle. Il n'a libéré cette vieille guérisseuse que parce qu'elle est aveugle, donc incapable de mener quiconque au palais. Et sans doute aussi parce qu'il craignait d'avoir de nouveau besoin de ses remèdes. Autrement, il l'aurait fait tuer. Comme toutes les jeunes pondeuses geronyennes qu'il fait venir au palais pour son plaisir. Il jette ensuite les cadavres à ses Gardiens du Fer et du Feu pour qu'ils les dévorent. En général, grinça le vieil homme, ils ne les mangent qu'après avoir violé leurs dépouilles.

— Je vois, fit Blade, encore une fois. Mais les aveugles ont souvent des facultés fort précieuses. Rien ne prouve que cette guérisseuse ne saurait pas retrouver le palais de Geronthe. Il ne faut rien négliger. Je veux la voir au plus vite.

— Soit, grogna le vieux savant. Soit.

L'idée de devoir partager son oxygène avec une « charlatane » ne l'enthousiasmait visiblement guère. Mais Blade était pressé. Passant à un autre sujet, il interrogea :

— Le Grand Maître des Sages représente une menace pour ce Geronthe. Pourquoi ne l'a-t-il pas fait tuer comme les autres ?

Iphos esquissa un sourire entendu.

— Comme je te l'ai dit, le Grand Maître des Sages détient les deux Secrets Fondamentaux. Si celui qui concerne nos origines ne l'intéresse que médiocrement, en revanche, celui de la disparition totale de l'homme le fascine. Ne serait-ce que dans l'espoir de le contrôler.

— Si ton Geronthe n'a pas compris que l'avènement de votre humanité et sa fin sont intimement liés, il est idiot.

Iphos considéra Blade d'un air songeur, avant de lui rendre son sourire :

— S'il n'a pas pressenti une telle évidence, dit-il, c'est qu'il est effectivement plus bête que toi.

— Et que toi, renvoya Blade.

Cette fois, ils s'étaient parfaitement compris. Chacun savait qu'ils faisaient partie de la même race. Et ceux qui se trouvaient derrière les glaces de l'amphi le comprirent également. Ils surent qu'ils avaient enfin un allié. Un allié venu d'ailleurs, de très loin, exprès pour les aider. Ils se levèrent ensemble, joignirent les mains devant leurs poitrines et, d'une voix profonde, le garçon qui avait déjà parlé déclara gravement :

— Jusqu'à ta mort et au-delà, Richard Blade, tu seras des nôtres et nous serons à toi.

Les autres répétèrent en chœur cette touchante profession de foi, puis ce fut au tour d'Avah et d'Enahé qui le firent en s'inclinant devant lui.

Emu malgré lui, Blade se leva à son tour et dit seulement :

— Que le Seigneur me prête encore un peu de vie, et je ferai mon possible pour vous aider.

Mais alors qu'Iphos se levait pour prendre congé de l'assistance, Blade sentit soudain un grand flou le gagner. Il éprouva un vertige, chancela, se rattrapa au bord de la table de conférence et dut fermer les yeux un instant pour recouvrer un semblant d'équilibre. Quand il les rouvrit, ce fut pour voir, à travers un épais brouillard blême, les regards convergents d'Iphos et de ses arrière-arrière-petites-filles posés sur lui.

Des regards où se lisait le plus profond désarroi.

Il sut alors que l'odieux processus déjà entamé plus tôt se poursuivait au tréfonds de sa chair. Là, dans cet ampithéâtre perdu au fond d'il ne savait quelle lointaine galaxie du temps et de l'espace, il était en train de commencer à mourir.

Sans réelles souffrances, mais inexorablement.

Et à voir ces regards anxieux qui l'observaient, il n'en avait plus pour longtemps.

CHAPITRE IX

— Vois, Richard Blade ! Vois !

Blade s'empara du miroir que lui tendait la belle Avah et le porta devant son visage. Il en resta pantois. Un tel changement s'était opéré en lui qu'il avait peine à le croire. Pourtant, la preuve irréfutable était là. A dix centimètres de sa face. A part ceux de certains contes, aucun miroir n'avait jamais su mentir.

— Tu vois ? insista Avah.

Blade lui fit un signe affirmatif et elle souffla, encore sous le choc :

— Je n'aurais jamais cru un tel prodige possible !

A vrai dire, Blade avait également beaucoup de mal à réaliser ce qui se passait en ce moment dans son organisme. Car si la logique de la conscience humaine admettait le fait de vieillir... fût-ce prématurément et par des moyens extraordinaires, elle n'était pas formée à entériner le processus contraire.

Or, c'était exactement ce qui se passait.

Blade était en train de rajeunir !

Précisément de la manière annoncée par J et Lord Leighton. Comme l'avaient prévu les apprentis sorciers de cette clinique très privée d'Angleterre où il était allé passer ces étranges « examens ».

— Comme tu es beau ! s'exclama encore Avah en scrutant son visage avec une admiration non feinte. Comme tu es fort aussi !

L'imposante musculature du Blade « d'avant » faisait en effet sa réapparition. Et à mesure que s'opéraient ces changements de morphologie, le voyageur interdimensionnel avait l'impression enivrante de sentir peu à peu revenir ses forces.

— C'était donc vrai ! s'exclama encore la jeune fille. C'était donc vrai ! Comme tout ce que tu nous as dit !

Blade sourit.

— Tu en doutais donc ?

Avah se troubla, finit par avouer :

— Je... je crois que j'ai en effet douté...

Elle ne pouvait détacher ses yeux mauves de lui et il crut deviner comme un voile humide tout au fond des prunelles. Touché par cette marque d'émotion, il prit la main de la jeune fille pour déclarer :

— Ne doute plus, Avah. Aussi vrai que tu es belle, j'ai dit la vérité et, si je vis encore un peu, j'essaierai de vous aider.

— Tu vivras ! Tu vivras !

Blade l'espérait bien. Mais cette jeunesse et cette vitalité qui semblaient effectivement lui revenir risquaient de ne pas pour autant annihiler les terribles effets du poison que charriait son sang. Et à moins d'un miracle...

— Richard Blade ! Comment te sens-tu ?

Escorté de la jeune Enahé, Iphos faisait son entrée dans la chambre mise à sa disposition. Une chambre en tout point semblable à celles qu'il aurait pu trouver en Angleterre dans un établissement similaire. Seul point insolite, elle ne comportait pas de fenêtre et certains accessoires comme les poignées de porte, les ampoules d'éclairage et les appareils sanitaires avaient des formes plus ou moins inattendues.

— Je me sens rajeunir, plaisanta Blade.

— Ainsi, tu avais dit vrai ! s'exclama Iphos en venant examiner Blade sous le nez. Tu rajeunis bel et bien.

— Tu as donc cru que je mentais.

— Oui, avoua le médecin. J'en ai honte, mais j'ai cru que tu me racontais des fables pour m'intriguer et m'ouvrir à toi en retour. Mais...

Il réfléchit, hocha la tête et proposa :

— Mais cette nouvelle... je veux dire, ce rajeunissement ne pourrait-il pas contrecarrer les effets du poison ?

— Tu veux parler d'une réaction naturelle de l'organisme ? Des anticorps réactivés par l'énergie de ce rajeunissement ?

— Oui !

— Possible. Mais tout dépend de la force de ce poison. A-t-on déjà vu des Geronyens survivre après inoculation de ce poison ?

Le visage un instant égayé d'Iphos s'assombrit derechef.

— Pas à ma connaissance, avoua-t-il.

— Tu vois. Donc, le temps nous est toujours compté. Au mieux, mon cadavre d'ici ressemblera à ce qu'il aurait été dans ma dimension si j'étais mort à mon âge véritable.

— Je ne comprends pas ce que vous dites...

C'était évidemment un peu obscur pour qui n'était pas habitué à la gymnastique intellectuelle de la translation et de la relativité espace-temps. Blade n'insista pas. Il précisa seulement :

— Arrange-toi pour me faire rencontrer ta vieille guérisseuse aveugle le plus vite possible. Si elle pouvait m'en dire un peu plus sur ce palais de Geronthe XXXVI et sur le Greelaandh.

— D'accord, acquiesça Iphos en faisant bravement taire ses réticences.

— Et puis, insista Blade, je dois aussi me faire une idée de la zone frontière. Il faut que j'approche le plus vite possible le fameux *no man's land.*

— Ce sera difficile.

— Pourquoi ?

— Parce que plus on s'approche des frontières du Greelaandh, plus la densité de la population est importante et plus tout se fait compliqué. La place devient très chère, et c'est alors à l'Organisation que l'on a affaire.

Blade avait compris.

— Tu veux dire une espèce de mafia ?

— Une quoi ?

Blade expliqua son point de vue et le vieil Iphos hocha la tête.

— C'est ça ! C'est ça ! C'est comme tu dis. Une organisation criminelle qui régente tout et fait monter les prix à mesure qu'on approche du *no man's land*. Des vauriens. Mais ils sont très puissants et certains prétendent que l'Organisation est contrôlée par Geronthe XXXVI lui-même.

Logique. La ploutocratie dans toute sa splendeur. Blade se dit qu'il allait décidément au-devant des problèmes. Et en plus le temps pressait terriblement. Il n'avait aucune idée de la manière dont il allait pouvoir opérer, il ignorait même si sa mort prochaine lui en laisserait le temps, mais il était certain d'une chose : s'il voulait seulement avoir une toute petite chance d'aider cette humanité en phase finale de perdition, il lui fallait rencontrer le plus vite possible la seule personne susceptible de lui apprendre encore quelque chose.

La vieille guérisseuse.

— Iphos, jeta-t-il, péremptoire. Va me chercher...

— Je sais, je sais ! Tu veux voir la charlatane.

— Si elle peut nous aider, oui.

— D'accord. Mais elle ne se déplace plus depuis longtemps. Il faut lui demander consultation dans son taudis. C'est une vieille folle. On dit qu'elle mange des aragnies et qu'elle boit le sang des morts. D'ailleurs, je ne pourrai pas la contacter moi-même, elle me hait. Il faut que j'envoie Greah.

Visiblement, cela mortifiait le vieux médecin. Il y avait sans doute un zeste de légende à base de magie noire là-dessous. Blade s'arracha un sourire et dit :

— Dans ce cas, fais-lui demander une consultation par ton bossu. Pour moi.

Maugréant, Iphos quitta la chambre en emmenant la jeune Enahé dans son sillage. Restée au chevet de Blade, Avah demeura silencieuse un long moment, l'observant sans vergogne, détaillant son visage et ce que le drap du lit lui permettait de voir. Enfin, dans un soupir, elle déclara :

— Mon arrière-arrière-grand-père est un peu vieux jeu. Mais il faut lui pardonner. Là-haut, il voit tant d'horreurs.

— Je lui pardonne bien volontiers, sourit Blade.

Rconnaissante, Avah lui prit les mains et, dans un mouvement imprévisible, elle les lui embrassa avec ferveur.

— Avah ! s'exclama Blade, gêné. Il ne faut pas...

— Je sais, Richard Blade. Mais... mais je t'admire tant !

— Avah ! Il n'y a rien d'admirable dans le fait d'avoir été missionné par mes chefs pour vous aider. Je ne fais qu'obéir aux ordres et...

— Richard ! Je veux y aller.

Il la regarda, incrédule.

— Aller où ?

— T'accompagner. Je veux voir le Monde d'En Haut. Au moins une fois !

— Mais...

— Parle à Maître Iphos, mon arrière-arrière-grand-père. Il t'écoutera. Dis-lui que tu auras besoin de moi. Il t'obéira. Emmène-moi. Je me vieillirai, je... je m'enlaidirai ! Je...

— Avah !

— Cela fait des cycles et des cycles de vie que j'attends ce moment, coupa encore la jeune fille. Te voilà dans mon univers et tu es le seul être qui puisse m'aider à réaliser mon rêve.

— Un rêve qui risque de virer au cauchemar, railla gentiment Blade.

— Je le veux.

La détermination qu'il lut à cet instant dans les yeux d'Avah lui fit comprendre qu'en fait, dans le Monde d'En Haut, plus qu'un fardeau, elle saurait être une alliée pour lui. Mais il ne pouvait prendre une telle responsabilité. La vieille « charlatane », il irait la voir avec Greah le bossu. Ce serait moins agréable, mais beaucoup plus sage. Il secoua la tête, désolé.

— Pas question, dit-il. Tu resteras ici.

Avah lui jeta un regard éperdu, au fond duquel flottait un voile de larmes contenues. Puis, résignée, elle souffla :

— Comme tu voudras, Richard Blade mon Admiré. Parle et j'obéirai.

Blade sourit intérieurement. Il n'aurait plus manqué le contraire !

Mais au même moment, un vertige le saisit et il se sentit plonger dans un puits sans fond qui lui fit peur. D'instinct, il tendit les bras en avant et deux mains vinrent aussitôt à son secours.

fraîches et douces comme la rosée du printemps de sa dimension. Alors, du fond de son angoisse, tandis qu'il sentait la mort l'investir sournoisement, il se dit qu'avec de telles mains dans les siennes, son agonie serait finalement bien clémente.

Puis il tomba dans le gouffre noir.

CHAPITRE X

— Tu vois, tu n'aurais jamais dû venir.

Sous ses hardes et la boue dont elle s'était souillée le visage pour qu'on ne puisse deviner son âge, Avah tremblait de peur et de froid. A leur sortie des sous-sols de la clinique, ils avaient trouvé la pluie, le froid et la boue. Une pluie grasse et acide qui piquait les yeux, une boue noirâtre qui semblait couler des façades sombres comme un vernis dilué. Le ciel jaune avait foncé et il semblait fait d'une masse épaisse et spongieuse qui ne cesserait jamais de se vider sur la pierre grise, le béton et la rouille. Comme pour les laver des miasmes accumulés durant des siècles ou des millénaires. Dans les rues, le spectacle de ces hordes de miséreux rencognés sous les porches ou trop las pour s'abriter était ce que Blade avait vu de plus déchirant au cours de tous ses voyages interdimensionnels. Sur Geronya, seules la peur, la misère et la crasse régnaient.

— C'est par là, jeta soudain Greah le bossu

qui marchait devant eux. Nous y sommes presque.

Comme à l'accoutumée, il laissa fuser le petit grincement qui lui tenait lieu de rire et, plus cassé en deux que jamais, il pressa le pas, faisant gicler la boue autour de ses jambes racornies. Dans la sienne, Blade sentit la main d'Avah trembler. Une main beaucoup moins tiède que d'habitude. Il questionna :

— Tu as froid ?

Elle leva les yeux sur lui, sourit bravement sous le rempart planté très bas du bord de sa capuche.

— Non, non, dit-elle. Ça va.

Elle mourait de peur. C'était visible. Pour la première fois, elle quittait le nid relativement douillet de la clinique pour être confrontée à l'univers implacable et sale d'En Haut. Pour elle, c'était une épreuve difficile. Une sorte d'initiation barbare qui laisserait forcément des séquelles dans son âme. Mais prétextant l'état de santé de Blade et ses fréquentes pertes de connaissance, elle avait tout fait pour l'accompagner. Présence qui, en cas d'incident avec la population affamée, risquait de s'avérer extrêmement dangereuse. Si un seul de ces milliers de pauvres hères s'apercevait de l'âge réel d'Avah, ce serait immédiatement l'émeute.

Et la curée.

— Nous arrivons ! s'exclama de nouveau le gnome en accélérant sa marche saccadée. Certes, le quartier n'est guère reluisant, mais des Geronyens riches viennent de loin pour consulter Ebrah. Je n'oserais jamais le prétendre devant Maître Iphos, mais c'est la meilleure guérisseuse que je connaisse.

Il éclata de son petit rire de crécelle pour ajouter :

— Et elle est très originale. Très !

Nouveau petit rire. La cape rapiécée du bossu traînait dans la boue et ses demi-bottes éculées semblaient prêtes à rendre l'âme, mais il avait l'air de s'en moquer. Mieux, il donnait l'impression d'être heureux d'avoir une bonne raison de quitter un temps son mouroir. Malgré la sinistrose qui régnait dans ce secteur de l'infinie mégapole, malgré le danger qu'ils couraient si Avah était découverte.

— Tu verras, Seigneur Blade, dit encore le bossu. Tu verras, Ebrah est un personnage très étonnant. Très.

Il s'exprimait avec aisance et semblait posséder un bon niveau de culture. Sous les scrofules de sa face ratatinée, les petits yeux sans cesse en mouvement brillaient d'intelligence.

— Eh, vous !

Les Préhendes !

Ils venaient de surgir au coin d'une rue, juste au moment où le trio s'apprêtait à s'engager dans une venelle étroite et sombre. Blade les avait immédiatement identifiés. A leur dégaine et à leurs sabres, mais surtout aux gants qu'ils portaient. Des gants épais, faits de cuir et de métal. Des gants qui les protégeaient des mortelles piqûres de leurs billes.

— Eh, vous !

Celui qui les apostrophait ainsi était grand et maigre comme un clou. Sur sa tête aux longs cheveux couleur de foin et empesés de crasse, il portait une sorte de tiare également faite de plusieurs matières que la crasse empêchaient de déterminer. Une tiare à trois couronnes, trop large pour son crâne et qui lui tombait sur les yeux. En d'autres circonstances, cette vision insolite aurait pu être drôle. Mais les lames des sabres qui brillaient dans leurs poings coupaient l'envie de rire. Tout autour, comme par miracle, la foule jusqu'alors compacte s'était diluée. Si vite qu'on l'aurait dite soudain effacée par une gomme géante.

— Venez un peu par là. La femme aussi ! cria encore l'échalas à la tiare.

Blade éprouva une contraction au niveau de l'épigastre. Malgré les hardes et son « maquillage » de boue, Avah avait été repérée. L'allure d'ensemble, la démarche étaient trop jeunes. Le Préhende fixait justement la jeune fille avec insistance. Sous sa cape, Blade n'avait emporté qu'une longue dague. Naïvement, il avait pensé que cela suffirait en cas de mauvaise rencontre. Grave erreur. Mais dans l'état d'esprit où il était...

Déjà, Greah s'était avancé vers les Préhendes et tentait de parlementer. Mais l'échalas le repoussa violemment contre un mur, lui posant la pointe de son sabre sur la gorge en grondant :

— Toi, le gnome, je te connais. Mais cette fois, ce chien d'Iphos n'est pas là pour te protéger. Qui sont ces deux-là qui sont avec toi ?

— Je suis le nouvel aide de Maître Iphos, s'interposa Blade en s'arrangeant pour dissimuler Avah derrière lui. Il nous a envoyés enquêter sur un cas de décès suspect.

— Qu'est-ce que tu appelles un décès suspect ?

Presque aussi grand que Blade, le Préhende lui rendait bien une cinquantaine de livres. En combat singulier à mains nues, le voyageur interdimensionnel n'en aurait fait qu'une bouchée. Seulement, il y avait son sabre et ceux des autres.

— Maître Iphos croit qu'il s'agit d'un cas de phérax.

Le Préhende fronça les sourcils.

— Phérax ! Qu'est-ce que c'est ?

Blade fit semblant de s'assurer que personne d'autre ne pouvait l'entendre, puis s'approcha pour lui souffler à l'oreille :

— Je peux compter sur ta discrétion ?

— Pourquoi ? demanda l'échalas, soupçonneux.

— Parce que si ce que nous croyons s'avérait et que la population l'apprenne, ça déclencherait la plus grandiose émeute jamais vue à Geronya.

Méfiant, le Préhende marqua un léger recul.

— Qu'est-ce que c'est, cette saloperie ?

— Une terrible affection qui réduit le foie en bouillie en quelques heures seulement et qui tue dans d'horribles souffrances. Un virus inconnu jusqu'à ce jour et qui peut s'attraper au simple contact d'un contaminé.

Cette fois, le recul de l'échalas fut si net qu'il se cogna aux trois autres Préhendes. Il en avait oublié le pauvre Greah qui ne demanda pas son reste pour aller rejoindre Avah. Poussant son avantage, Blade insista :

— Cette femme semble déjà atteinte. Je l'emmène à l'isoloir.

Il n'avait pas encore fini sa phrase que l'échalas avait entraîné ses hommes sous d'autres cieux. Déjà certain d'être victime du terrible phérax. Il le sentait à ces gargouillis sinistres qui roulaient dans ses entrailles. Sourire aux lèvres, Blade entraîna Avah et Greah.

— Que lui as-tu dit ? s'enquit la jeune fille, intriguée.

Blade la mit au courant et elle pouffa sous sa capuche.

— Non seulement, tu sembles plus fort que cent Préhendes réunis, dit-elle, mais en plus, tu es drôle !

Blade n'avait pourtant guère envie de rire. Apostrophant Greah, il s'irrita :

— Elle est encore loin, cette sorcière ?

— Ici, ici !

Il désignait justement un étroit couloir dans une façade grise et lépreuse. Des étais en métal avaient été grossièrement dressés contre le mur porteur de l'immeuble, contenant un « ventre » craquelé du plus mauvais effet. Blade questionna :

— On ne répare jamais rien, à Geronya ?

— Non ! ricana le bossu. Jamais rien.

A voir le nombre d'immeubles écroulés et à escalader les véritables terrils de gravats qui obstruaient avenues et places, Greah n'exagérait pas. Quant aux toitures effondrées... il devait pleuvoir dans tous les appartements de Geronya.

— C'est ici.

La venelle étant trop étroite et trop encombrée par la foule grouillante, Blade fit passer Avah devant lui et, fermant la marche, rasant le mur, ils se retrouvèrent bientôt dans une cour si étroite qu'elle ressemblait à une cheminée. Mais dedans, massée, empilée comme elle le pouvait et se battant pour essayer de respirer, toute une humanité étouffait allégrement en grondant. Malgré le froid humide, Blade fut immédiatement en nage. Un vrai sauna. La chaleur humaine. Il se pencha à l'oreille de Greah, questionna :

— Que font-ils tous, ici ?

— Ils attendent, Seigneur Blade. Ils attendent de pouvoir consulter.

— Tu veux dire... Ebrah ?

— Oui, oui ! grinça le gnome. Je te l'ai dit, c'est une grande guérisseuse. Beaucoup attendent ici et dans la rue depuis des lustres. Mais nous, elle nous recevra tout de suite. Elle hait Maître Iphos, mais elle m'honore de son amitié. Viens.

Fendant la foule à grands renforts de coups de coude et d'imprécations mystérieuses, le bossu entraîna Blade. Accrochée au bras de celui-ci, Avah suivait tant bien que mal. Soudain, jaillies de la cohue, des mains noires de crasses s'accrochèrent à sa cape. Le bruit du déchirement de l'étoffe passa quasiment inaperçu, mais la fine et gracile silhouette de la jeune fille apparut et la clameur de la foule s'estompa aussitôt.

Même vêtu de hardes, le corps d'Avah ne pouvait être pris pour celui d'une vieille femme.

Bouche ouverte sur un cri muet, la jeune fille semblait paralysée. Des dizaines de regards avides la clouaient sur place. En une seconde, Blade avait tout compris. Il avait vu aussi les éclairs s'allumer dans les yeux des vieux mâles.

— Vite, ordonna-t-il au bossu. Vite !

Poussant l'un et serrant l'autre contre lui, il parvint à se frayer un chemin dans l'humanité encore saisie. Mais, alors qu'ils atteignaient une porte basse gardée par deux cerbères énormes et noirs comme des corbeaux, un rugissement monta soudain de la foule.

— Une fille ! C'est une fille !

Aussitôt, ce fut le délire. Comme si tous ceux des rues avoisinantes avaient entendu, une véritable marée humaine se précipita dans la venelle, broyant, piétinant les plus faibles, se montant les uns sur les autres en se battant. Un vieillard eut un œil crevé, hurla en disparaissant sous le flot, tandis qu'une femme, plus grande que les autres, plantait ses griffes un peu partout en glapissant des mots sans suite. Déjà, d'autres mains s'étaient agrippées à Avah, l'arrachant inexorablement à Blade. Cette fois, la jeune fille laissa enfin éclater sa peur. Un long cri filé qui monta dans l'étroite cour et se perdit dans les clameurs rageuses. Blade cogna, repoussa, sortit même la longue dague et parvint à la planter deux fois... avant d'être submergé. Il entendit encore Avah crier, puis, montant du fond de lui comme un courant irrépressible, il sentit venir le troisième malaise et sa vue se brouilla.

Sournoise, la mort prenait tout son temps.

CHAPITRE XI

— Laissez-les passer, bande de pouilleux !

Le malaise de Blade s'estompait et, machinalement, il frappait toujours dans la masse crasseuse et hurlante. A croire que ce cauchemar ne cesserait plus jamais. Avant son étourdissement, son dernier réflexe avait été de serrer plus fort Avah contre lui. Si fort que rien au monde n'aurait pu la lui arracher.

— J'ai dit laissez-les passer !

La voix était rêche. Dure comme le son d'une lame d'acier frappant la pierre. Une voix de femme. Blade parvint enfin à ouvrir les yeux, vit *in extremis* l'éclair qui fusait vers sa gorge et frappa instinctivement. Dans une face qui craqua sous son poing. Une voix hurla, du sang l'éclaboussa et il se retrouva propulsé dans l'ouverture d'une porte, tenant toujours Avah contre lui. Epuisé, il se laissa aller contre un mur rugueux et humide, tandis que les deux colosses noirs repoussaient la foule à grands coups de glaive. Quand la lourde porte se referma, cela résonna longuement dans les profondeurs de la maison.

— Avancez ! ordonna la voix rêche.

Blade vit alors une sorte de géante. Plus grosse et plus grande que la « bouchère » qui avait failli l'égorger. Vêtue d'un large pantalon de cuir et d'une vareuse en toile grossière, elle portait une série de poignards à la ceinture et ses énormes poings étaient gantés. Comme ceux des Préhendes. Seule différence, chez elle, les pointes n'étaient pas sur des billes, mais sur les gants. A cet instant, Blade fut convaincu qu'elles étaient également enduites de poison.

Regard noir sous un bandeau de cheveux filasse, la géante observait Blade d'un air peu amène. Le poussant en avant, elle intima encore :

— Avance.

Une simple « gorille ».

Tiré par la manche, Blade suivit Greah jusque dans une salle basse enfumée où brûlaient des torches. Une odeur musquée y prenait à la gorge et des tas d'animaux bizarres couraient un peu partout. Absolument libres. Des choses comme des lézards aux formes étranges, des chats qui ressemblaient à des rats et même... une énorme mouche aux élytres bruissantes qui devait bien mesurer cinquante centimètres et peser dans les sept à huit kilos. A l'entrée du trio, un tas de choses grouillantes qui occupait le centre de la pièce sembla fondre d'un coup et Blade s'aperçut avec horreur qu'il s'agissait d'un impressionnant nœud de serpents. Devant son mouvement de recul, un tout petit rire éclata du côté de l'immense couche située au fond de la salle.

— Ils sont gentils ! Très gentils. Tous !

Blade fronça les sourcils pour mieux voir et aperçut une forme ratatinée sur la couche, entourée de tas de bestioles tout aussi étranges que les premières et enfoncée dans des coussins aux couleurs vives.

— Ainsi, tu as besoin des services de la bonne Ebrah, très laid Greah !

— Oui, oui ! s'exclama aussitôt le bossu. J'implore ta magnifique intelligence et ton savoir sans limites, Vénérée Ebrah.

Un autre rire mutin résonna.

— Ce vieux fou d'Iphos serait-il en difficulté dans l'exercice de son art ?

— Non... je veux dire oui. Enfin, il ne peut rien pour aider mon ami que voici.

Le gnome reprit son souffle, présenta :

— Blade. Il s'appelle Richard Blade, Vénérée Ebrah. Et il vient de très... de très très loin pour consulter ton esprit et ta mémoire.

— Ma mémoire ?

On aurait vraiment dit la voix d'une vieille petite fille. Désagréable, inquiétante. Blade venait enfin d'apercevoir le visage sous les volants de dentelle du ridicule chapeau. Un tout petit visage blême, chiffonné, avec, au-dessus du nez busqué et très long, deux yeux absolument vides.

Des yeux dont il ne restait que les cavités.

Blade s'avança, voulut parler à son tour, mais

la vieille petite fille l'en empêcha en lançant, abrupte :

— Je sens trois présences, ici. Qui est cette fille ?

Elle avait dit fille. Pas femme. Le simple fait qu'elle ait identifié le sexe de la troisième personne tenait déjà du prodige, mais qu'elle l'ait appelée « fille »...

— Elle est avec moi, dit aussitôt Blade. Elle me suit partout. C'est une pauvre innocente.

— Elle est jeune. Où l'as-tu volée, Blade l'Etranger ?

— Je ne l'ai pas volée. Je...

— Viens près de moi, Blade l'Etranger. Viens t'asseoir, coupa l'aveugle. Et dis-moi ce que tu veux.

Il obéit, s'assit tout près de la minuscule vieille chose ratatinée. De près, le parfum musqué d'Ebrah était tout bonnement écœurant. Dès qu'il fut assis, deux mains décharnées et moites s'emparèrent de lui et se mirent à le parcourir des genoux à la tête... et vice versa. En s'arrêtant un moment sur le renflement du pantalon à l'endroit du sexe. Les mains eurent alors un frémissement, tandis que le rire de petite fille s'élevait de nouveau.

— Mais tu es bien vigoureux, Richard Blade l'Etranger ! Contrairement à tous ces vieux ramollis de Krudah et de Tab, tu sembles fortement doté du côté du plantoir !

Abasourdi, Blade s'aperçut qu'elle avait conservé une main sur son sexe et qu'elle le massait doucement à travers la grosse toile de ses hardes. Un massage qui ne laissait aucun doute sur les intentions finales. La cécité avait bon dos. Il voulut échapper à la caresse, mais la vieille le retint en ricanant niaisement :

— Pour une fois que j en tiens une vraie !

Elle toussa, ricana encore et ajouta, soudain péremptoire :

— Si tu as besoin de mes services, Richard Blade l'Etranger, ne bouge plus.

Incroyable. Chantage et quasiment le viol ! Déjà, à son arrivée dans cette dimension démente, Kanah avait abusé de lui en le chevauchant comme un animal. Et voilà que cette vieille chose...

— Je n'ai pas l'intention de me laisser...

Le regard éperdu que lui jeta Greah à cette seconde le fit taire. A voir la mine du bossu, il comprit qu'en indisposant la vieille, il se coupait de toute chance qu'elle l'aide jamais.

— Tu n'as pas l'intention de quoi, Richard Blade l'Etranger ?

Il y avait tant de froide ironie dans la petite voix de la « charlatane » que Blade en fut glacé. Lui, si fort, si volontaire, lui qui avait accompli tant de missions périlleuses en terrassant les monstres les plus sauvages et les géants les plus sanguinaires, lui qui aimait tant les jeunes et belles femmes, il allait se laisser tripoter par cette vieille sorcière !

Troublé, il leva les yeux sur le visage maculé d'Avah, y vit naître un petit sourire désolé et gêné.

— Non, gronda-t-il en s'arrachant à l'étreinte. Je ne suis pas venu pour ça !

Même pour sauver l'humanité de Geronya. Il y avait des redditions que la dignité interdisait.

— Bon, bon ! Comme tu voudras, Richard Blade l'Etranger, sembla se rendre Ebrah. Que veux-tu savoir ?

Blade lui résuma la situation en quelques mots et la vieille guérisseuse en resta sans voix un long moment. Quand elle reprit la parole, ce fut sur un ton différent. A la fois grave et bizarrement excité.

— Tu veux tuer ce calésahr de Geronthe XXXVI, hein ?

A en juger par la hideur des petits animaux domestiques et sans doute choyés de la vieille, le pauvre calésahr devait être une bête vraiment immonde pour être ainsi haï. Mais Blade avait d'autres soucis en tête. Il corrigea :

— Je ne suis pas venu pour tuer, mais pour essayer de réharmoniser ce monde chaotique.

Ebrah resta muette un moment, songeuse.

— Tu dis que tu viens d'une autre... dimension ? C'est bien ça ?

— C'est ça.

— Mais alors, tu dois connaître les deux Grands Secrets Fondamentaux !

Blade sourit avec dérision.

— Bien sûr que non.

— Tss, tss ! Décris-la-moi, cette dimension d'où tu viens.

Blade s'exécuta. Quand il jugea en avoir assez dit, il acheva :

— Comme tu le vois, nous avons aussi nos problèmes. Si nous connaissions les deux Grands Secrets Fondamentaux, tout irait au contraire pour le mieux.

— Tss, tss ! fit encore la « charlatane », soudain irritée. Tu connais forcément les deux Grands Secrets Fondamentaux. Seule différence avec le dernier Grand Sage détenu par Geronthe XXXVI, toi, tu ignores que tu les connais. C'est tout.

— Mais...

— Ou bien, tu mens.

— Non. Je le jure !

Nouveau petit rire excité.

— Tu le jures ! Vous croyez donc en un dieu, chez vous ?

— Oui, fit Blade, étonné.

Ça tournait doucement à la conversation philosophique.

— Dans ce cas, insista, la vieille, vous connaissez *forcément* les deux Grands Secrets Fondamentaux.

C'était net et sans appel. Mais alors que Blade réfléchissait au meilleur moyen de tirer les vers du nez de la guérisseuse, il nota le mouvement d'une de ses mains. En effet, enfouie sous les multiples jupons aux couleurs vives qui la couvraient, la main en question s'agitait lentement dans un mouvement régulier qui laissa Blade saisi d'incrédulité.

Tout en l'écoutant, la vieille Ebrah se masturbait !

De nouveau, il leva les yeux sur ses compagnons. Mais Greah le bossu ne s'occupait plus de lui. Affalé au pied de la couche, il ne perdait pas une miette du spectacle et en bavait d'excitation. Il semblait avoir l'habitude. Quant à Avah, toujours debout et immobile dans ses hardes, elle accrochait son magnifique regard mauve à celui de Blade.

Tout au fond des prunelles, il y avait une étrange lueur.

Soudain, la guérisseuse poussa une série de jappements aigus, sursauta violemment dans ses coussins, faisant fuir ses hideux petits compagnons autour d'elle. Puis, essoufflé, tremblante des pieds à la tête, elle ôta sa main de ses jupons et soupira d'une voix mourante de gamine vicieuse :

— C'était bon, Richard Blade l'Etranger. Très bon !

Blade avait du mal à conserver l'esprit clair. Il était tombé dans le monde le plus fou, le plus inattendu de tous ceux qu'il avait jusqu'alors visités. Un instant, il se dit qu'il avait eu tort de venir ici, mais la « charlatane » reprit, avec une pointe de regret dans le ton :

— C'est cette fille, que tu veux, hein ?

— Ça suffit, Ebrah ! réagit soudain Blade, cinglant.

— Bon ! Bon !

Elle ricana derechef, rappela ses petits animaux hideux qui revinrent docilement se blottir dans ses jupons et, d'une voix enfin plus posée, elle minauda :

— D'accord, Richard Blade l'Etranger. Je

vais t'aider. Pour me venger de Geronthe qui s'est si souvent moqué de moi devant sa cour, mais aussi parce que dans ta dimension, on croit encore en un dieu. Je vais t'aider à trouver le palais... où Geronthe XXXVI m'a toutefois avilie en offrant mon corps à ses chambellans. Un palais facile à trouver. Toutes les nuits, la lumière éclatante de l'Energie Elektra l'inonde dans ses moindres détails. Comme tous ses prédécesseurs, Geronthe XXXVI a peur de la nuit.

— Je te croyais aveugle. Comment as-tu pu voir cette lumière ?

Nouveau petit ricanement.

— Les aveugles jouissent de facultés dont les voyants ne soupçonnent pas l'acuité. La lumière, Richard Blade l'Etranger, je ne la vois pas, bien sûr, mais je la sens. Par tous les pores de la peau. Par toute mon âme !

Elle avait jeté la dernière remarque avec âpreté. Elle marqua un temps, ajouta presque pour elle-même :

— L'âme est faite pour percevoir la lumière. D'où qu'elle émane.

— Pardon, dit Blade. J'ai dit une sottise.

— Non, non ! ricana la vieille aveugle. Non ! Peut-être que c'est moi qui ai dit des bêtises. Peut-être que Geronthe n'a pas de cour. Ni de chambellans. Peut-être que c'est lui qui a raison en tout. Comment savoir ? Même une aveugle peut se tromper.

Sibylline, elle continuait à caresser ses atroces bestioles.

— Mais je vais t'aider à libérer le Grand Maître des Sages. D'ailleurs rien ne prouve qu'il soit réellement prisonnier. Je veux dire, d'un autre que de lui-même.

Le mystère s'épaississait, pourtant il fallait avancer.

— Tu sais où est retenu le Sage des Sages? questionna Blade.

— Bien sûr, ricana doucement la vieille fausse petite fille. Bien sûr. Je le sais. Comme je te sais en danger de mort. Un poison mortel coule dans tes veines.

Blade avait presque oublié. Ebrah était une sorcière.

— Le Grand Maître des Sages est le prisonnier de Geronthe XXXVI. A moins que ce ne soit le contraire, corrigea-t-elle avec son rire de vieille petite fille. En fait, poursuivit-elle, insidieuse, je crois qu'ils ne se sépareront plus. Ils sont comme le bien et le mal. L'un ne peut exister sans l'autre.

Elle ricana derechef, ajouta, mutine :

— C'est comme l'amour! L'amour! Pourquoi le bien et le mal ne s'aimeraient-ils pas?

La guérisseuse délirait. Blade réfléchit, posa enfin la question qui lui semblait cruciale :

— Et ce no man's land défendu par l'Energie Elektra, comment peut-on le franchir?

Nouveau temps mort. Ebrah s'était remise à caresser ses hideux petits animaux, l'air de songer à autre chose. Avec ses cavités oculaires vides, elle ressemblait à une statue antique.

Une statue habillée de choses ridicules. Mais Blade n'avait pas envie de rire.

En effet, tout au fond de lui, le malaise revenait.

— Il va mourir ! s'affola Avah. Fais quelque chose, Ebrah !

Nouveau petit rire mutin.

— Je ne crois pas que ton mâle soit sur le point de mourir. Je ne crois vraiment pas.

Un silence, puis :

— Personne ne peut franchir les terribles remparts invisibles de l'Energie Elektra. Personne, Richard Blade. Tous ceux qui ont essayé se sont fait réduire en poussière sur place. Mais peut-être que toi...

Blade n'en pouvait plus. Il partait... partait...

— Personne, Richard Blade l'Etranger, entendit-il encore la voix lui dire. Mais si le secret de ce passage existe, toi seul peux le trouver. Toi seul... toi seul...

Blade s'accrochait désespérément. En vain. Il coulait à pic. Vers le fond de sa mort. Sans espoir de retour.

— Toi seul, entendit-il encore très loin. Puise dans tes propres secrets, Richard... Bla...

CHAPITRE XII

— Qu'a-t-elle voulu dire ?

Encore mal remis de son dernier malaise, Richard Blade émergeait lentement. Heureusement cette chambre de clinique souterraine lui était d'un grand secours. Elle lui permettait de se refaire des forces, de se recharger en vue de la crise suivante.

D'ailleurs, il avait l'impression qu'elles se rapprochaient.

— Qu'a voulu dire Ebrah ? insista Avah à son chevet.

Elle tenait la main de Blade et la serrait comme si elle avait craint qu'il ne la quitte. Pour aller où ? Depuis son retour à la clinique, il réfléchissait précisément aux paroles sibyllines d'Ebrah. Et un début d'indication lui venait tout doucement. Au bout d'un moment, hochant la tête, il déclara :

— Je crois avoir compris.

— Quoi ? demanda Iphos, impatient.

Blade hocha la tête de plus belle.

— Ebrah a voulu me faire comprendre à sa

manière que c'est en cherchant dans ma « pensée dimensionnelle » d'origine que je trouverai peut-être le moyen de franchir ce fameux no man's land.

— Je n'y comprends rien ! ragea Iphos. Absolument rien.

De son côté, Avah considérait Blade avec incrédulité. Mais, plus attentive que son aïeul à ce que Blade disait, elle se dérida tout à coup pour s'exclamer :

— Tu veux dire que la solution existe dans... dans *ta* dimension ?

— Exact. C'est bien ce qu'Ebrah m'a suggéré.

— Merveilleux ! s'emporta Iphos. Fantastique !

— Ne nous emballons pas, tempéra Blade. Cette idée a plus de chance de s'imposer à mon esprit si je me rends sur place.

Le vieux médecin lui jeta un regard en dessous.

— Tu veux dire au pied du no man's land ?

Blade acquiesça.

— Je n'ai pas le choix. Il faut que je voie. Que je me rende compte des difficultés pour commencer à songer aux solutions possibles.

Il leva les yeux sur Iphos, questionna :

— En général, ce poison, il tue en combien de temps ?

Mine embarrassée du médecin.

— Je n'ai jamais vu ceux qui en étaient atteints vivre plus de deux cycles de jour et de nuit.

— Tu vois, fit Blade avec un sourire amer, nous n'avons pas de temps à perdre.

Iphos semblait de plus en plus embarrassé.

— Justement, avoua-t-il, mortifié, je crois bien qu'il est trop tard.

Blade ressentit une désagréable crispation à l'estomac.

— Pourquoi ?

— Parce que ce no man's land, cette barrière infranchissable d'Energie Elektra est très loin.

— Loin ?

— Au moins à dix jours de hors, révéla Iphos en secouant la tête.

Atterré, Blade insista :

— N'y a-t-il pas moyen de s'y rendre plus vite ? Aucun moyen, mécanique ?

Si Investigator du Projet DX ne s'était pas trompé, cette dimension avait autrefois connu le progrès technologique. Elle avait même transporté ses voyageurs à des vitesses que les mortels de la dimension de Blade ne connaissaient pas encore.

— Non, assena sombrement Iphos. Il ne reste plus rien du temps des splendeurs, Richard Blade. Strictement rien. La folie des hommes a tout détruit. Absolument tout. Nous sommes les derniers vestiges d'une race appelée à disparaître.

Il reprit son souffle, acheva tristement :

— Faute de ressources. Faute de foi aussi.

C'était la catastrophe. Blade n'arriverait jamais jusqu'à la frontière d'Energie Elektra. Il ne trouverait jamais le moyen de répondre à cette immense prière collective lancée vers les ordinateurs du Projet DX par cette humanité infinie qu'on reproduisait comme du bétail de boucherie.

Il éprouva un malaise, vit Avah et Iphos qui l'observaient avec cette même expression incrédule qu'il leur avait déjà vue et comprit ce qui se passait.

Une nouvelle fois, il rajeunissait.

Il demanda un miroir, se contempla un instant et, voyant ses rides soudain disparues, constatant la nouvelle clarté de son regard, il fut paradoxalement gagné par le découragement. A ce rythme de régression, même s'il trouvait le moyen de réduire le temps nécessaire au voyage, il pouvait aussi bien se retrouver à l'état d'enfant, avant de toucher au but.

A moins de se transformer en oiseau...

*
**

— Qu'est-ce que tu dis ?

— Je te le jure, Oryk ! Je te jure que je l'ai vu de mes propres yeux ! L'Etranger, je l'ai vu rajeunir ! Même que la fille qui l'accompagne est jeune, elle aussi. Très jeune ! Ils ont le Secret. Ils l'ont, je te dis !

Oryk regardait le géant noir comme s'il le voyait pour la première fois. Le Préhende se souvenait parfaitement de ce grand mâle qui accompagnait le bossu d'Iphos. Comme il se souvenait aussi de cette histoire qu'il lui avait servi à propos de cette maladie. Ce virus dont il ne se rappelait plus le nom. Il revoyait aussi la silhouette de la fille.

Une silhouette jeune !

C'était ça ! Fathar ne mentait pas. Maintenant qu'il savait, tout concordait.

Réfugiés tout au fond de la cour d'immeuble où la petite milice d'Oryk avait installé son QG, les deux hommes parlaient à voix basse

Oryk attira le garde d'Ebrah la guérisseuse contre lui, questionna :

— Sais-tu ce que ta maîtresse et l'Etranger se sont dit ?

— Non, grommela le Noir. Nous, on n'entre jamais dans la chambre de la vieille.

Oryk savait qu'il était inutile de questionner la guérisseuse. Elle ne dirait rien et s'ils se montraient méchants, elle ameuterait Tab et Krudah. Une minute après, les Préhendes auraient une véritable révolution sur le dos.

— Mais... hésita le Noir, mais peut-être que Taphil...

— Taphil ?

— C'est la garde du corps personnelle d'Ebrah. Il faudrait peut-être l'interroger.

Le chef des Préhendes hocha la tête, esquissa un rictus cruel pour lâcher :

— C'est ça. On va l'interroger.

Il réfléchit, massa son menton en galoche plein de poils roux mal coupés, regarda pensivement le Noir, avant de questionner :

— Tu sais où elle couche, cette Taphil ?

CHAPITRE XIII

— Mon jeune ami, vous manquez de vitamines. La solution est simple. Je me demande comment vous n'y avez pas pensé !

Blade était en sueur. Il avait si chaud dans ce sous-sol qu'il se demandait avec angoisse s'il n'allait pas s'évanouir. Avec ça, le vrombissement continuel de tous ces appareils lui donnait mal au crâne. Pour tromper le malaise qu'il sentait venir, il se fouilla le cerveau, sans succès.

— Désolé, Sir, dit-il. Je ne vois pas.

— Incroyable ! Notre Projet DX coûte des fortunes à la Couronne et notre superman de service « ne voit pas » ! Eh bien, je vais vous la donner, la solution pour franchir ce fichu no man's land, ricana lord Leighton en faisant grincer son fauteuil roulant. Je vais vous la donner et vous ferez bien de la mettre très vite en pratique. Car le temps presse.

— Je vous écoute, fit Blade, résigné. Donnez-la, cette sacrée solution.

Lord Leighton ricana, secoua la tête avec commisération avant de commencer :

— Eh bien, voilà. Vous allez...

Blade ouvrit les yeux d'un coup. Réveillé par ce formidable instinct qui le caractérisait. Dans la maigre lumière « veilleuse » de la chambre, il distingua une silhouette confuse, réalisant immédiatement que lord Leighton était loin et qu'il n'avait fait que rêver.

Dommage. Le vieux savant était sur le point de parler.

La silhouette était déjà près du lit mais, bien avant de distinguer le visage d'Avah, Blade l'avait reconnue. Parfum? façon de marcher? Elle était vêtue d'une longue chemise sans boutonnage qu'on enfilait par le col. Faite du même tissu léger et bleu que celui des blouses médicales. Ainsi, avec ses longs et épais cheveux ébouriffés jouant dans le halo jaunâtre, elle avait l'air d'une peinture surréaliste.

— Richard Blade, souffla la jeune fille en s'agenouillant contre le lit, je... je ne pouvais pas dormir. Tous ces événements. Toutes ces horreurs !

Blade sourit dans la pénombre, lui caressa les cheveux en soufflant :

— Tu m'as réveillé alors que j'allais peut-être découvrir la solution.

— Oh !

Elle semblait réellement désolée, mais Blade la rassura :

— C'était sûrement une solution irréalisable. Tu sais, dans les rêves, on fait n'importe quoi.

Elle saisit sa main, la serra très fort en posant son front un peu trop chaud contre son épaule nue.

— Il ne faut pas mésestimer les rêves, Richard Blade. Ils dirigent notre existence sans que nous en ayons conscience. Ils sont très importants.

Elle avait raison. Blade s'étonna :

— Qui t'a appris cela ?

— Personne. Je le sens.

Elle garda le silence un assez long moment avant d'avouer tout bas :

— J'ai dit que je n'arrivais pas à dormir. C'est faux. En réalité, j'avais réussi à m'assoupir un peu et, moi aussi, j'ai rêvé. Mais moi, c'est le rêve qui m'a réveillée.

— A quoi rêvais-tu ? s'amusa Blade.

— A toi, dit-elle simplement.

— Ah.

— Tu n'es pas content ?

— Euh, si, bien sûr.

— Je rêvais de toi et je partageais ta couche.

— Euh, ah ?

— Et nous faisions des choses dont j'ignore si elles sont en usage dans ton monde, des choses dont je ne suis même pas sûre qu'elles soient normales dans cet univers de fous qui est le nôtre.

Blade ne savait que dire. Au vrai, il ignorait même si les vilaines pensées qui venaient de l'assaillir n'étaient pas finalement déplacées. Après tout, ces choses auxquelles Avah faisait allusion pouvaient être... n'importe quelles choses.

— Tu ne veux pas savoir ce que nous faisions, durant ce rêve, Richard Blade le Bel Etranger ?

— Je crois que tu devrais aller te recoucher, Avah.

Elle paraissait si jeune. Si naïve.

— Je ne veux pas aller me recoucher, Richard Blade. Je veux m'allonger près de toi.

Comment refuser ?

Joignant le mouvement à la parole, la jeune fille rampa contre lui, se lova de manière à ce que son visage soit à hauteur du sien et elle murmura :

— J'ignore si ces choses dont je rêvais sont bien ou non, Richard Blade, mais je veux les faire avec toi.

Elle observa un court silence, avant d'ajouter :

— Je le veux maintenant. Plus tard, tu seras sans doute mort.

Genre de réflexion qui n'était pas d'un érotisme forcené. Mais Blade s'était depuis longtemps habitué à l'idée de sa propre mort et, maintenant qu'il se savait condamné à brève échéance, les choses ne s'ordonnaient plus exactement de la même manière dans son esprit. Leur ordre d'importance était changé.

Avah avait raison. Demain il serait peut-être mort.

— Moi aussi, avoua-t-il. Moi aussi, j'ai envie de faire ces choses avec toi.

Il la sentit frémir contre lui et, sans le moindre complexe, elle dirigea la main de Blade vers son visage et il laissa ses doigts courir doucement sur les fins reliefs du front, du nez, de la bouche. Avah lui mordilla légèrement l'index, pointa un bout de langue pour lui lécher la paume à petits coups presque peureux. Blade approcha sa bouche, voulut l'embrasser, mais elle résista et poussa sa main vers sa poitrine. A travers la fine toile, sa paume épousa les rondeurs fermes et ses doigts enregistrèrent leur chaleur. Puis Avah le guida vers son ventre, sa cuisse, la jambe que la chemise remontée dénudait jusqu'au genou. Quand les doigts effleurèrent le creux de ce genou, Avah émit un petit soupir et son corps entier fut secoué d'un léger tremblement.

— Là ! souffla-t-elle. Là ! Comme dans mon rêve !

Sous la blouse, elle avait guidé la main de Blade le long de sa cuisse et la faisait remonter vers le galbe plein de la hanche nue.

— Oui, Richard Blade, murmura Avah, comme plongée en hypnose. Oui ! Ta main est douce. Plus douce encore que dans le plus doux des rêves.

Bien sûr, Blade aurait pu prendre l'initiative. Sa science de l'amour aurait de toute évidence rapidement comblé les désirs les plus secrets de la belle Geronyenne. Mais cette étrange communion indécise lui procurait un sentiment de fruit défendu très agréable. De toute façon, il ne voulait pas casser le fantasme de la jeune fille. Alors, se laissant guider comme un aveugle, il la laissa continuer.

— Oui ! Oui, dit-elle encore. Là ! J'ai rêvé cela aussi !

Elle avait décidément le rêve coquin, la petite Avah. Car maintenant sa main retenait celle de Blade entre ses cuisses. Des cuisses d'abord fermées et légèrement contractées, puis des cuisses qui s'ouvrirent progressivement, offrant la soie et le tendre sillon de son ventre aux doigts habiles.

— Oui, oui ! Comme dans ce rêve !

Blade ne pensait plus. Les douceurs dans lesquelles ses doigts s'aventuraient s'ouvraient davantage et il sentait soudain un désir forcené s'emparer de tout son être. Mais pas question de brusquer Avah. Pas question de briser ce rêve, à plus forte raison s'il ne s'agissait que d'un fantasme éveillé.

— Oui !

Avah haletait à présent contre lui. Tremblante au rythme des caresses de Blade, elle lui laissait peu à peu l'initiative, « oubliant » parfois de pousser ou de tirer son poignet, s'offrant de plus en plus et l'inondant de son miel. Soudain elle poussa un petit cri, se cambra, retint son souffle et retomba sur Blade en gémissant comme un animal blessé. Mais alors qu'il allait de nouveau tenter de prendre sa bouche, elle lui échappa encore en protestant d'une voix mourante :

— Non ! Moi ! Je veux que ce soit moi. Comme dans mon rêve.

Elle repoussa lentement le drap qui couvrait Blade, passa une main reptilienne qui tremblait un peu, caressa son ventre nu en cercles concentriques et très doux en approchant son visage du sien. D'une haleine brûlante, elle avoua :

— J'ai éprouvé du bien, Richard Blade Magnifique. Beaucoup de bien. Presque comme dans ce rêve.

Insidieusement, sa main avait glissé vers son bas-ventre et, presque sans s'en apercevoir, il fut pris dans le chaud fourreau de ses doigts.

— Presque comme dans ce rêve, murmura encore Avah.

Songeuse. Elle avait toujours le souffle un peu court et, quand elle prit ses lèvres, elle dit très bas :

— Maintenant, il faut.

Il sentit sa langue ramper autour de la sienne, puis le quitter, remplacée par des lèvres humides qui se mirent à butiner les siennes. Pendant ce temps, sa main avait accentué son mouvement et Blade se demanda d'où elle tenait cette science. Une caresse si timide, si apparemment inexpérimentée qu'elle pouvait en paraître suspecte.

Mais il n'eut pas le loisir de se poser plus longtemps des questions. D'un coup de reins, Avah s'était redressée. Elle avait repoussé le drap qui les séparait et s'était placée à genoux de part et d'autre des hanches de Blade, lui tenant les mains clouées au lit, l'observant dans la pénombre comme une louve guette sa proie.

D'abord, Blade songea que l'intermède était

fini et qu'elle allait le quitter. Le tissu de la chemise effleurait par moments son membre érigé, lui procurant un délicieux supplice. La frustration allait être majeure. Mais alors qu'il se voyait déjà séduit et abandonné, sans crier gare et sans la moindre hésitation, Avah se laissa descendre sur lui, le guida un peu maladroitement, avant de s'empaler lentement.

Très lentement.

Blade sentit une résistance, voulut se retenir. Mais, regard cloué au sien, mains nouées sur les siennes, elle exigea d'un brusque coup de reins.

Quand Blade viola le fragile rempart, Avah esquissa une plainte aiguë, se mordit la lèvre inférieure, retint son corps quelques secondes en suspens au-dessus de Blade, avant de se laisser tomber en feulant longuement.

En descendant mollement sur le ventre de Blade, l'ample et légère chemise d'Avah dessina le calice renversé d'une large fleur. Comme une tulipe qui s'ouvre... ou comme un parachute.

Un parachute !

CHAPITRE XIV

L'imposante Taphil n'avait jamais varié ses habitudes. Ses nuits, elle les passait depuis toujours dans le corridor extérieur de la maison de sa maîtresse. Aux courants d'air et au froid. Mais elle prétendait qu'ainsi elle entendrait même une Kantharée pénétrer dans le fief d'Ebrah. Dans un tel inconfort, le moindre frémissement de l'air réveillait aussitôt.

Ebrah la guérisseuse était trop jalousée. D'autres guérisseurs souhaitaient s'attribuer son fief et Taphil avait déjà éventé trois tentatives d'assassinat contre sa maîtresse. Des « loupés » qu'elle avait évidemment réprimés dans le sang. Avec les énormes pelles qui lui servaient de mains, elle était capable de tordre le cou à n'importe quel mâle. Y compris à ces deux Afraks, Fathar et Rehg, ces colosses à la peau noire. Depuis ces attentats manqués, Taphil ne dormait plus que d'un œil.

Aussi perçut-elle parfaitement le très léger grincement qui venait de s'élever sous la voûte du corridor. Un grincement comme en faisait trop souvent cette satanée porte gardée par les Afraks. Pas vraiment sur le qui-vive, elle ouvrit un œil et sa grosse tête hommasse émergea du tas de sacs puants qui lui servait de litière. La porte extérieure était parfaitement close, mais dans la lueur de l'unique torche mourante qui éclairait le corridor, elle vit les trois ombres qui fondaient sur elle, massues levées. Aussitôt, son poing se referma sur la poignée de l'énorme glaive qui ne la quittait jamais.

Le temps d'un éclair, elle avait aperçu le corps d'un géant noir couché en travers d'une petite porte ouverte au fond du corridor et elle réalisa qu'ils étaient passés par la cave. Elle voulut se redresser, mais son geste n'avait pas été assez rapide. Déjà, un des intrus abattait son assommoir.

Taphil eut l'impression que la maison s'écroulait sur son crâne et que ce dernier explosait. Elle ouvrit une bouche démesurée et un début de cri rauque passa ses lèvres. Un cri vite étouffé. Du sang éclaboussa son front et elle lâcha le glaive en s'affaissant dans les sacs.

— Vite, entendit-elle encore lancer une voix brève.

Mais Taphil était d'une résistance peu commune. Pas complètement inconsciente, elle se sentit soulevée, emportée vers le fond du couloir. En franchissant la porte, un de ses agresseurs se cogna et jura. Malgré son demi-coma, elle identifia aussitôt la voix désagréable.

Celle d'Oryk !

Ce chien galeux et ses sbires étaient en train

de l'enlever ! Elle rua, mordit un bras, faillit même échapper aux poignes qui la serraient. Mais un autre coup sur la tête lui fit cette fois perdre complètement conscience.

Très peu de temps, lui sembla-t-il. Quand elle revint à elle, ses yeux s'ouvrirent d'un coup et elle vit la face grimaçante penchée sur elle.

Oryk.

Une torche éclairait ses traits brutaux d'une lumière rouge et tremblante et son haleine trop forte lui arrivait en pleine face. Ils étaient dans une cave, dont elle n'était pas sûre qu'elle fût celle d'Ebrah. Gorgée d'humidité, aux pierres moisies et au fond de laquelle une colonie de gros rats noirs s'était réfugiée. On voyait leurs petits yeux froids luire dans l'ombre. Taphil tenta de se redresser, fut aussitôt clouée au sol par les deux autres. Bave aux lèvres, elle gronda :

— Qu'est-ce que tu veux, bâtard ?

Un sourire édenté lui répondit :

— Que tu répondes à mes questions.

— Jamais ! Et tu vas regretter tout ça dans très peu de temps.

Le sourire s'élargit :

— C'est toi qui vas regretter, ma beauté. Si tu ne réponds pas docilement.

— Tu peux crever !

— D'accord, laissa tomber Oryk en sortant une longue dague de sa ceinture. Puisque tu m'y autorises...

D'un geste d'une rapidité et d'une précision

stupéfiantes, il enfonça la pointe de la dague dans l'œil droit de Taphil.

Le hurlement de cette dernière résonna si fort dans la cave que les rats disparurent comme par miracle. Mais Oryk souriait toujours. En voyant la géante se tordre sur le sol détrempé, il savait déjà qu'elle était brisée. Elle allait répondre à ses questions.

*
**

— Un quoi ?

Le vieil Iphos ne semblait pas connaître ce superbe et très simple accessoire qu'est le parachute. Ce qui ne surprenait guère le voyageur interdimensionnel. Bien sûr, il n'avait pas révélé au vieux médecin comment cette idée géniale lui était venue. En tout cas, Ebrah la guérisseuse avait eu raison. C'était dans la mémoire de sa propre dimension que Blade avait peut-être trouvé le moyen de franchir le terrible no man's land d'Energie Elektra. En tout cas, il avait au moins trouvé le moyen d'essayer.

Restaient les détails techniques.

— Un parachute, répéta Blade. Mais il faut fabriquer une montgolfière.

— Une montgolfière !

— Un ballon, précisa Blade. Pour monter dans le ciel.

Devant les mines abasourdies d'Iphos et des deux filles, il dut se lancer dans un exposé succinct pour leur faire comprendre ce qu'il avait l'intention de faire. Il leur fit des croquis, dessina le ballon et le détail d'une nacelle. Ceci achevé, ils restèrent muets un long moment, à l'observer comme s'ils l'avaient cru fou. Sans doute mettaient-ils ses « délires » sur le compte d'une agonie imminente, mais Blade se sentait étrangement en pleine forme. Comme si au lieu de progresser, les effets du poison avaient maintenant entamé un léger ralentissement. D'autant que, dans son dos, l'hématome provoqué par les piquants empoisonnés s'était presque entièrement résorbé. A n'y rien comprendre, mais c'était une évidence.

— Tu veux dire, commença Iphos, tu veux dire que, dans ta dimension, les hommes peuvent ainsi s'élever dans le ciel ?

— Bien sûr. L'air est un liquide, certes, beaucoup moins dense que l'eau, mais dans lequel on peut se déplacer en s'appuyant dessus.

C'était un peu sommaire, mais il ne fallait rien brusquer.

— J'ai compris ! déclara Avah, soudain enthousiaste. Tu vas t'élever dans le ciel accroché à ce ballon et, quand tu auras franchi la frontière de l'Energie Elektra, quand tu seras au-dessus du territoire de Geronthe XXXVI, tu te laisseras tomber avec ce... parachute.

— C'est exactement ça, admit Blade. Mais pour avoir une seule toute petite chance d'y arriver, il faut fabriquer ces accessoires indispensables.

— Avec quoi? demanda Iphos, toujours aussi incrédule.

— Avec ça, répondit Blade en désignant la blouse bleue d'Avah. Ce tissu dont tu m'as dit avoir trouvé une grande quantité semble convenir parfaitement. Simplement, pour imperméabiliser la paroi de la montgolfière, il nous faut trouver un produit.

— Un produit comme de la poix? tenta Enahé à son tour.

— Comment connais-tu cela? questionna Blade.

— Il y en a un vieux flacon dans le débarras de l'amphi. J'ignore à quoi cela pouvait bien servir, mais c'est le mot qui est marqué sur ce flacon. Je l'ai ouvert il y a longtemps. Par curiosité. C'est collant et, une fois sec, cela forme une sorte d'enduit souple.

— Bravo. Tu sais où il y en a d'autres?

— Non. C'est le seul que j'ai trouvé. Mais en cherchant bien.

— Humm, fit Blade. Ce serait surement trop long. Il y a plusieurs façons de fabriquer des produits qui ressemblent à de la poix. Nous verrons cela en temps voulu.

Puis, s'adressant de nouveau à Iphos, il poursuivit :

— Mais le propre de la montgolfière est de se laisser entraîner par les courants aériens. Il va donc falloir le diriger, ce ballon. Avec une hélice et une dérive.

— Des... quoi?

Blade repartit dans une nouvelle série d'explications et, encore une fois, on le regarda bizarrement. Mais pris par son sujet, il acheva :

— Pour cela, j'aurai besoin d'une ou de plusieurs de tes batteries... et de la mécanique du monte-charge.

— Oh, non !

Blade sourit. Il savait qu'en exigeant cela, il allait arracher le cœur du vieillard. Mais il n'avait pas d'autre choix et il insista :

— Sans cela, rien n'est possible, Iphos.

L'interpellé lança un soupir à fissurer encore davantage les murs écaillés de la chambre.

— D'accord, finit-il par dire.

Ceci classé, Blade devait résoudre des milliers de problèmes, dont un, crucial. Il suggéra :

— Il faudrait s'assurer le contrôle d'un sommet d'immeuble. Le plus haut possible. Et le plus discrètement possible. Pour en faire notre base d'envol. Et puis se procurer aussi de quoi fabriquer de la chaleur. Un matériel léger. Facile à embarquer dans la nacelle.

— Ça, fit Iphos, c'est facile.

Cette fois, ce fut aux autres de le regarder, interdits. Modeste et matois, il avoua :

— Quand j'ai découvert tout ceci, dit-il dans un geste qui englobait l'ensemble de la clinique, j'ai fait le recencement d'une foule de choses. C'est ainsi que j'ai mis de côté d'étranges bouteilles en acier qui semblaient contenir du liquide. C'est en testant les robinets de ces étranges bouteilles que j'ai failli un jour tout faire exploser.

— Du gaz ?

Iphos hocha la tête.

— Un produit gazeux dont j'ignore à la fois le nom et la nature d'origine, mais je sais que cela s'enflamme.

Blade n'en aurait jamais souhaité autant.

— Combien de bouteilles ? demanda-t-il.

Le vieux médecin haussa les épaules.

— Cinq ou six. Grosses comme ça.

Il arrondit les mains de manière à former un cercle d'environ vingt centimètres de diamètre.

— Sur à peu près ça de hauteur, dit-il encore en plaçant sa main à environ un mètre du sol.

Blade fit signe qu'il avait compris.

— Tu me les montreras, dit-il. En attendant, il faut mettre tous ceux qui savent coudre au travail. Ce soir, les plans du ballon et du parachute seront à votre disposition.

Un silence s'installa dans la petite chambre sans fenêtre. Avah et Enahé fixaient Blade d'un regard également admiratif. Avec quelque chose en plus au fond des prunelles mauves de la première.

Un profond sentiment de complicité.

Ils avaient fait l'amour toute la nuit et, bien que vierge en début de soirée, la jeune Geronyenne n'avait plus grand-chose à apprendre quand ils s'étaient séparés. Ce fut elle qui osa demander ce que les deux autres pensaient très fort :

— Dis-nous, Richard Blade, fit-elle d'une voix où perçait l'angoisse. Penses-tu avoir une toute petite chance de... de réussir ?

Il les observa tous les trois tour à tour,

longuement, comme pour se donner le temps de réfléchir. Mais en réalité, la réponse était ancrée dans son esprit depuis le début de l'entretien. Il esquissa un sourire contraint, finit par avouer :

— En principe, pas la moindre. Mais je suis venu dans votre monde pour essayer. Alors, je ferai tout mon possible.

S'il n'était pas mort avant.

Mais il fallait être optimiste.

CHAPITRE XV

— Parfait ! s'exclama Blade en laissant monter son regard le long de la haute tour de béton noirâtre à demi démolie. Absolument parfait !

En effet, c'était la construction la plus haute de tout le voisinage. Elle trônait au milieu d'un vaste terrain bourbeux et entouré de palissades métalliques presque entièrement réduites en charpie. Un terrain encombré d'éboulis sur lequel toute une humanité avait élu domicile. Un squatt aussi vaste et plus miséreux encore que celui de la place où Blade avait rencontré ses premiers Préhendes. Découpant ses structures rouillées et ses ouvertures béantes sur le ciel gris-jaune, la tour s'élevait sur plus de deux cents mètres de hauteur. Très longtemps auparavant, elle avait dû être la fierté architecturale du secteur.

— Regarde tous ces miséreux, dit Iphos en désignant la foule immense qui campait également en deçà des palissades. Ceux-là attendent le passage des karnères.

— Les karnères ?

— Ceux qui descendent les cadavres... quand ils ne sont pas entièrement dévorés sur place. Ils attendent tout simplement un emplacement libre pour s'installer. Mais avant, ils doivent sacrifier à l'impôt des racketteurs de la tour. Des Préhendes qui prélèvent un droit d'entrée contre un laissez-passer qu'ils peuvent retirer à tout moment. Ces monstres profitent du moindre incident pour expulser des familles entières et pour en faire entrer de nouvelles. Bien sûr, ils font aussi quelques cadavres de temps à autre. Histoire d'activer le commerce.

— C'est plein jusqu'en haut ?

— Non. Mais chaque fois que certains se sont hasardés plus haut que le cinquantième étage, les planchers se sont écroulés et cela faisait des tas de morts en plus. Ils ont renoncé. D'ailleurs, pour franchir cette limite, il faut faire des acrobaties que peu sont capables d'accomplir. Alors, depuis longtemps, personne ne monte plus jusque-là-haut. Les escaliers sont en partie écroulés et la tour elle-même menace de se casser aux deux tiers de sa hauteur. Mais comme je l'ai dit, de véritables colonies de vagabonds l'occupent jusqu'aux environs du cinquantième étage. Il faudra être discrets.

— Nous le serons, sourit Blade.

Il songeait à rééditer le bluff du virus mortel pour dissuader les squatters locaux de dépasser la hauteur du cinquantième étage. Cela faisait trois jours que les disciples d'Iphos travaillaient d'arrache-pied sur le projet et il n'avait pas envie de voir une imprudence saboter l'affaire. Les toiles étaient déjà cousues, l'hélice avait été taillée dans un bois de poutre et le moteur auxiliaire du monte-charge avait été branché avec succès sur un jeu de ces étranges batteries apparemment inépuisables. Tout perdre maintenant eût été trop stupide.

— Nous monterons le matériel par petites quantités et nous l'assemblerons là-haut.

En espérant que la tour attendrait que tout soit terminé avant de se « casser ». Ce qui n'était pas certain du tout. Elle avait vraiment l'air de tenir par miracle.

— Il faut partir, fit-il remarquer à Iphos. On nous observe.

En effet, de la foule compacte massée devant les palissades, des regards intrigués les détaillaient. D'autant qu'en trois jours, parallèlement à son état de santé en nette amélioration, le processus de rajeunissement de Blade s'était singulièrement accéléré. Si cela continuait, il allait se retrouver gamin avant de commencer réellement sa mission. Les apprentis sorciers de la clinique « spéciale » du MI6 ne semblaient pas complètement maîtriser le phénomène...

— Tu as raison, admit Iphos. Inutile d'attirer l'attention.

Ils quittèrent le terrain défoncé où un groupe avait tendu une toile pour recueillir l'eau de pluie. Blade fronça les sourcils, s'approcha, vit que la toile retenait parfaitement le liquide et interrogea un vieux, tout ratatiné, sur la nature de l'imperméabilisant employé.

— Trouvé dans une ancienne décharge, avoua le vieux. Sans doute enterrée depuis la nuit des temps. Des bidons entiers. J'ai pas pu lire. C'est marqué dans une drôle de langue.

— Où est-elle, cette décharge ?

Le vieillard secoua la tête.

— Pas question, fiston. Là-bas, y a des trucs que je veux pas me voir voler.

Blade sentait qu'il tenait quelque chose d'important. Il insista :

— Ecoute. Tu m'y emmènes avec les yeux bandés et, sur place, je ne prends qu'un peu de ce produit. D'accord ?

L'autre lui jeta un regard soupçonneux.

— Et qu'est-ce que j'ai, en échange ?

Blade montra la tour.

— Assez de place dans la tour pour toi et les tiens.

Incrédule, le vieux regardait alternativement le bâtiment et Blade. Enfin, dans un rictus indécis, il lâcha :

— Je suis tout seul.

— Raison de plus. Tu es d'accord ?

Indécision du type.

— Vrai ?

— Vrai de vrai.

Nouvelle hésitation, puis :

— Qu'est-ce qui me dit que tu tiendras parole ?

— Moi.

Iphos s'était avancé à son tour et le bonhomme fronça des sourcils gris de vieillesse et de crasse, avant de s'exclamer :

— Tu... tu es ce toubib qui...

— Je vois que tu me connais, coupa Iphos. Fais ce que te demande mon ami et je te promets que tu auras ce qu'il a dit.

Cette fois, l'autre n'hésita plus.

— Entendu.

Puis s'adressant à Blade, il dit :

— Je m'appelle Agrab. Viens me chercher ici cette nuit. Je te conduirai.

Ils se quittèrent sur cet accord et lorsqu'ils se furent éloignés, Iphos exprima ses doutes :

— Je me suis porté garant de ta promesse, mais j'aimerais bien savoir comment tu comptes lui procurer cet emplacement. Ils sont des milliers à attendre et dès qu'il y a une place de libre, ça dégénère toujours en massacres.

Blade esquissa un semblant de sourire.

— Toujours le coup du virus. Nous nous présenterons avec lui aux Préhendes qui rackettent le droit d'accès à la tour. Tu diras qu'on a signalé des cas de phérax et qu'il connaît ceux qui sont atteints. On l'aura fait venir pour identifier les malades et les emmener avec nous.

Iphos sursauta :

— Tu vas faire chasser un faux malade pour installer Agrab à sa place ?

— Bien sûr que non ! Une fois dans la tour il se sera fondu dans la masse des milliers d'autres occupants. Les Préhendes ne se fatigueront pas à chercher un type qui aura été en contact avec des malades contagieux. Au contraire, ils se diront qu'il n'y a plus qu'à attendre que l'épidémie fasse son œuvre. Histoire d'activer le commerce, ironisa-t-il sombrement.

— J'aime mieux ça. Et pour monter le matériel, comment ferons-nous pour le passer au nez et à la barbe des Préhendes ?

— Travaux, révéla Blade. Nous allons officiellement effectuer certains travaux.

— Quels travaux ?

— Nous allons construire une antenne médicale au sommet de la tour.

— Une...

— Une infirmerie. Equipée d'un treuil destiné à descendre les cadavres mécaniquement au lieu de fatiguer tout le monde par des escaliers instables et dangereux.

Ebahi, le vieux médecin s'était arrêté pour considérer Blade d'un regard exorbité.

— Une clinique ! Des travaux ! Et quelle autorité les aura ordonnés, ces travaux sanitaires ?

Nouveau petit sourire de Blade.

— Mais les Préhendes eux-mêmes.

Iphos était complètement dépassé.

— Comment cela ?

— Je leur aurai préalablement fait miroiter la remise en état de quelques centaines de nouveaux mètres carrés exploitables. Sous-entendu, des locataires en plus, donc, des droits de passage en supplément. Bénéfice, bénéfice !

Iphos se remit à marcher, songeur.

— Et j'imagine, dit-il, que ce treuil installé au sommet servira à monter notre pesant matériel. Au nez et à la barbe des Préhendes.

— Exact.

Iphos garda le silence un moment. Ils approchaient de l'hospice du médecin et celui-ci soupira, rêveur :

— Tu es un sorcier, Richard Blade. Tout compte fait, ajouta-t-il doucement, c'est sans doute pour cette raison que le poison des Préhendes semble t'épargner.

Ironie du hasard, Blade fut soudain pris d'un vertige et sa vue se brouilla. Un nouveau malaise. Se retenant au bras du vieux savant, il ferma les yeux et murmura :

— Parfois, je voudrais bien être un sorcier.

— Les voilà !

Blade rouvrit les yeux, devina confusément des silhouettes qui fonçaient sur eux et marqua un recul. Déjà, des mains s'agrippaient à lui et il vit luire l'éclat d'une lame d'acier. Puis subitement, sa vue s'éclaircit et son estomac se contracta.

— Les voilà, cria encore l'échalas qui l'avait empoigné. Saisissez-vous du vieux aussi. Ils détiennent le Grand Secret de la Jeunesse !

Alors seulement, Blade reconnut le grand Préhende aux cheveux longs couleur de foin auquel il avait servi la fable du fameux phérax. En même temps, il sut que les ennuis recommençaient.

CHAPITRE XVI

Blade cogna. Si fort que l'onde de choc se répercuta dans tout son corps et qu'Oryk fut catapulté contre le mur avec une violence inouïe. Plus rapide que les autres Préhendes, Blade avait cueilli le sabre d'Oryk au vol. Dans un moulinet infernal, il sectionna la moitié du cou du Préhende qui fonçait sur lui. L'autre poussa un borborygme affreux, tandis qu'un geyser de sang fusait de la gorge ouverte. Déjà, le troisième arrivait, la lame haute, le regard allumé de haine. Blade sentit le vent du sabre lui raser l'oreille. Il esquiva, rompit, feinta, se fendit et attaqua à son tour. Une fausse attaque qui découvrit l'adversaire le temps d'un éclair. C'était ce que Blade attendait. Feintant de nouveau, il parut esquiver une nouvelle attaque, mais au lieu de reculer, il se contenta de glisser sur le côté et d'effectuer une fulgurante rotation du buste. Dans le mouvement, sa lame remonta en oblique sous la garde du Préhende et frappa celui-ci en pleine poitrine.

Transpercé de part en part, l'adversaire

ouvrit de grands yeux étonnés, lâcha un grognement rauque et, le cœur tranché net, s'écroula au pied du mur.

— Chien ! On se retrouvera !

Oryk s'était redressé et, de toute la vitesse de ses longues jambes, s'était mis à détaler. Il disparut dans la foule avant que Blade n'ait pu se lancer à sa poursuite.

— Laisse, jeta Iphos. Viens.

La foule commençait à s'agglutiner et, déjà, les corps des deux Préhendes avaient été emportés. Karna fraîche. Blade arrêta le vieux médecin.

— On ne peut plus rester à la clinique, dit-il. Les Préhendes ne nous lâcheront plus.

— Tss, tss ! répliqua Iphos. Viens !

Il entraîna Blade dans un dédale, fendant la foule qui, attirée par la rumeur, accourait sur les lieux de la bataille.

— L'hospice nous est désormais interdit, reprit-il après un instant, mais pas la clinique. Il y a un passage par les anciens égouts. Il suffira de condamner l'entrée du rez-de-chaussée. J'ai tout prévu de longue date et Greah sait ce qu'il doit faire. Dans un moment, cette issue aura disparu sous un amas de décombres.

Sans plus d'explications, il hâta le pas et Blade suivit. Il s'aperçut alors qu'il tenait toujours le sabre ensanglanté, mais dans ce monde en folie ce genre de détail ne se remarquait même pas.

— Par ici.

Ils venaient de pénétrer dans une arrière-cour

sordide où s'entassait toute une humanité innommable. Ici, c'était encore pire qu'ailleurs. Dans la crasse la plus épaisse, des groupes se battaient, d'autres s'arrachaient des immondices pour manger, d'autres encore copulaient sans se soucier de quiconque. Voyant l'expression écœurée de Blade, le vieil Iphos prévint :

— C'est encore pire dans les égouts. Viens.

Ils descendirent dans une succession de caves où vivaient des communautés qui n'avaient plus grand-chose d'humain. A demi nus, des vieillards riaient, mangeaient, souffraient en geignant. Dans la lueur des torches à la graisse humaine nauséabondes et fumeuses, certains les regardèrent passer avec envie. Mais alors que Blade faisait son entrée dans un immense collecteur à la suite d'Iphos, il faillit reculer devant l'odeur.

Des remugles de charnier.

Dans tous les coins, des tas d'ossements s'empilaient, sur lequels vivaient les derniers rebuts de la société geronyenne. Vision de cauchemar, préfiguration hideuse de l'enfer.

— C'est affreux ! s'exclama Blade en enjambant des groupes entiers de moribonds et en chassant les rats. Ces gens vivent toujours ici ?

— Certains n'ont même jamais vu le Monde d'En Haut, précisa Iphos. Volontairement. Car ils savent qu'à la surface leurs enfants leur seront systématiquement enlevés par les Préhendes ou volés par les voisins.

Blade était soulagé. Finalement, cette sous-humanité avait su conserver le culte des vraies valeurs. Mais ne voyant pas les enfants évoqués, il s'étonna :

— Mais je ne vois que des Anciens !

Petit ricanement amer d'Iphos.

— Bien sûr ! Et tu ne verras pas d'enfants. Ils les mangent sitôt nés.

Blade faillit vomir. Enjambant un groupe qui entourait jalousement une femme enceinte, il eut envie de hurler.

Comment des humains pouvaient-ils se comporter ainsi ?

— Par ici.

Il fallait maintenant quasiment ramper entre les zombies qui s'entassaient dans les étroits collecteurs. Au passage, des mains les fouillaient prestement pour essayer de trouver quelque chose à grappiller dans leurs hardes. Blade sentit même des doigts agiles s'aventurer entre ses jambes et le fouiller. Il parvint à se dégager et à rejoindre Iphos dans un boyau si étroit et si bas que personne n'avait encore osé venir s'y installer. Rampant de plus en plus, ils parcoururent une cinquantaine de mètres, avant qu'Iphos ne fasse basculer une trappe basse en ferraille toute rouillée, dégageant une ouverture sombre d'où s'échappaient des remugles de pourri. Mais alors qu'il allait se glisser dans l'orifice, une lumière aveuglante le fit reculer précipitemment et il se cogna dans Blade qui le suivait.

— Les Préhendes ! cria une voix. Les Préhendes ont tué Greah ! Ils ont découvert la clinique et ils sont à nos trousses !

Le grand garçon brun avec lequel Blade avait dialogué dans l'amphithéâtre venait de faire irruption dans le boyau, déclenchant la panique chez les rats. Le suivant de près, d'autres disciples passèrent l'ouverture à leur tour, poussant et tirant tout un tas de paquets. Avah se précipita contre Blade, tremblante de peur et de colère.

— Les sauvages ! gronda-t-elle. Ils voulaient nous violer !

Anéanti, Iphos les dévisagea, s'inquiéta soudain :

— Il manque Add, Chatah et... Bahar ! que sont devenus tous les autres ?

Blade avait déjà compté. Sur la centaine de disciples qu'il avait dénombré à l'amphi, une quinzaine seulement venait d'apparaître. Le grand garçon brun baissa la tête.

— Ce fut un massacre, avoua-t-il. Ils se sont battus. Sacrifiés pour qu'on puisse fuir en emportant le matériel. S'il y a des survivants, ils nous retrouveront au point de ralliement d'urgence ce soir même. Chatah a été tué alors qu'ils détruisaient le tunnel derrière nous.

Un silence atterré suivit et les rats revinrent peu à peu. Après un moment d'hébétude, les larmes aux yeux, Iphos convint :

— Nous ne pouvons plus rien pour le moment.

— Qu'allons-nous devenir ? questionna Enahé qui était restée à l'écart.

Blade résuma la situation en précisant :

— Il ne nous reste plus que le sommet de

cette tour. Si vous avez sauvé tout le matériel, on peut encore réussir.

— Tout est là, affirma Bahar. Y compris les batteries et tout le stock médical.

Iphos le serra contre lui avec émotion, expliqua à Blade :

— Nous avons répété ce plan d'évacuation des centaines de fois. Bahar était le plus fervent partisan de ces mesures de sécurité. Je m'aperçois qu'il avait raison.

Blade regardait le jeune homme avec de plus en plus d'intérêt. Le moment venu, il ferait un second tout à fait acceptable. Prenant d'autorité le commandement, le voyageur interdimensionnel proposa :

— Le sort a décidé pour nous. Vous allez rester ici et, cette nuit, Iphos vous conduira à la Maison du Ciel que nous avons repérée. Maculez vos visages de boue et adoptez une démarche de vieillards. Votre Maître connaît mon plan, il vous dira ce qu'il faut faire. Maintenant, je vais vous quitter, annonça Blade, sentant aussitôt la main d'Avah serrer la sienne avec force. Je vous rejoindrai cette nuit au sommet de la tour. Entre-temps, j'espère pouvoir me procurer l'imperméabilisant dont nous avons besoin pour la montgolfière. Mais à partir de maintenant, prévint-il, sachez que le bruit doit déjà courir partout que votre Maître et vous-mêmes détenez le Grand Secret de la Jeunesse. Alors, méfiez-vous. Désormais, vous serez le gibier le plus traqué qu'il m'ait été donné de connaître. Car la jeunesse est le trésor suprême. Le plus convoité aussi.

Un pesant silence ponctua cet avertissement, avant que Bahar n'intervienne de nouveau :

— Et si tu ne reviens pas ? questionna-t-il, parfaitement lucide

— Tu dis des sottises ! cria presque Avah, tremblante de colère. Richard Blade est indestructible !

Bahar lui pardonna son éclat d'un sourire. Dans son regard noir pétillant d'intelligence, Blade crut alors surprendre une lueur qui le laissa pantois. Etait-il possible que Bahar soit amoureux de la belle Avah ?

Il sourit à son tour, calma la jeune fille d'une pression de main et déclara :

— Non, Avah. Je ne suis pas indestructible. Aucun humain ne l'est ni ne le sera jamais. Bahar a raison. Si je ne reviens pas, je suis certain qu'il sera capable d'appliquer mon plan.

Le jeune homme posa sa main sur le bras de Blade. Emu, il promit :

— Je le ferai, Richard Blade. Même si je dois disparaître à mon tour. Mais au fond, comme Avah, je suis convaincu que tu reviendras.

Blade s'arracha à l'étreinte d'Avah et se perdit dans les noirceurs puantes des égouts.

Lui, il n'était sûr de rien.

CHAPITRE XVII

— Ils vont nous massacrer !

Le vieil Agrab marchait si près de Blade qu'ils se bousculaient parfois dans leur marche harassante. Aussi chargé que Blade, le vieux « chiffonnier » menaçait à chaque instant de s'écrouler. Une heure auparavant, ils avaient déterré et charrié des tonnes d'ordures, avant de découvrir ce qui intéressait Blade.

Du vernis.

Des bidons en quantité industrielle, enfouis sous des mètres de gravats et de boue, qu'Agrab avait découverts des années auparavant sans y trouver d'autre intérêt que celui d'en prélever une faible quantité pour son usage personnel. Certains portaient encore des embryons d'étiquettes, mais malgré le formidable pouvoir de traduction que lui conférait la translation, Blade avait été incapable d'en déchiffrer un seul mot. Il s'était donc contenté de quatre bidons, avait cherché sans succès dans la décharge un objet utile, avant de rebrousser chemin.

Maintenant, les palissades de la tour étaient là, avec leur cohorte humaine désespérée.

— Ils vont nous massacrer ! répéta Agrab en tremblant. Ils ne nous laisseront jamais passer !

Blade ne répondit pas. Sur ses gardes, il était prêt à tout.

— Qu'est-ce que vous voulez, tous les deux ?

Blade avait l'impression de sentir ses jambes s'enfoncer dans son tronc. Cela faisait des heures qu'ils erraient dans les rues, leurs bidons métalliques au bout des bras. Au moins vingt-cinq kilos de chaque côté. Et maintenant qu'ils avaient enfin retrouvé le terrain vague de la haute tour, un mur de Préhendes venait de se dresser devant eux. Menaçant. Il était épuisé et s'il devait se battre, il aurait le dessous.

— Qu'est-ce que tu veux ?

Le Préhende s'adressait à Blade et ce dernier voyait briller les sabres. Il était temps d'expliquer.

— Je suis venu ce matin, dit-il. Je participe à la création de l'antenne médicale du sommet de cette Maison du Ciel.

— Je te reconnais, lança un Préhende qui venait de fendre le groupe. Le vieux pouilleux qui était avec toi ce matin est arrivé aves ses aides. Ils sont là-haut.

Blade jubilait. Mais l'autre questionna, soupçonneux :

— Qu'est-ce que tu transportes, dans tes bidons ?

— Du désinfectant, mentit Blade.

— De l'alcool ?

Une lueur de convoitise avait brillé dans les petits yeux vicieux. Iphos avait prévenu Blade. Les Préhendes s'enivraient avec n'importe quoi. Au risque d'y perdre le plus souvent la vue et parfois la vie. Il corrigea aussitôt :

— De l'acide. Pour certains instruments chirurgicaux.

Les Préhendes étaient des primaires. S'ils n'avaient jamais entendu parler de chirurgie, ils savaient ce qu'était de l'acide.

— Fais sentir.

L'ordre était incontournable. Blade ouvrit le bouchon d'un bidon et l'autre en approcha son nez. Il grimaça devant l'odeur peu engageante et grogna :

— C'est de l'alcool qu'on veut. Le vieux m'a dit qu'il nous en procurerait.

C'était sûrement faux, mais une idée vint à Blade. Il y avait sûrement un moyen de marchander avec ces brigands.

— Si je t'en procure, demanda-t-il, mettras-tu quelques gardes là-haut pour protéger nos installations ?

L'autre chercha la faille, leva des yeux inquiets vers le sommet de la tour, finit par décider :

— D'accord. Trois gardes armés pour boucler les trente derniers étages. Mais de l'alcool tous les jours.

Pour le temps que Blade comptait demeurer là-haut...

— Entendu, dit-il. Que tes gardes nous accompagnent, je leur donnerai l'alcool.

Les quatre involontaires candidats aux courants d'air furent nommés sur-le-champ et ils fendirent aussitôt la foule qui campait dans le hall de la tour à grands coups de sabre. Blade avait un peu honte d'agir ainsi, mais il était impératif qu'ils aient la paix durant au moins deux jours. Il en allait du succès de leur entreprise.

Si toutefois Oryk ne les retrouvait pas tout de suite.

Entraînant Agrab, il se lança à l'assaut d'une cage d'escalier dans le sillage de ses sbires. L'état de la tour était tel qu'en divers endroits la vue plongeait directement dans le vide extérieur. Peu à peu, le sol jonché de campements s'éloignait et cela faisait comme si on l'avait progressivement nettoyé. Il n'en était pas de même de l'escalier. Malgré les coups de sabre de ses nervis, Blade devait batailler pour écarter les cohortes crasseuses qui s'accrochaient à ses hardes en tentant sournoisement de lui arracher ses bidons. Tous ignoraient ce qu'il y avait dedans, mais dans ce monde de désolation et de dénuement total tout était bon à voler. Tant bien que mal, ils atteignirent enfin le cinquantième étage. La foule des squatters s'était soudain éclaircie, mais derrière Blade, le pauvre Agrab vacillait d'épuisement et, devant, les gardes n'en pouvaient plus. Mais ces derniers avaient quasiment fini de souffrir.

— On arrive bientôt ? chuinta Agrab.

— Nous n'en sommes qu'à la moitié, renseigna Blade. Courage.

En prononçant ces mots, il avait jeté un regard dans le vide et son cœur manqua soudain un battement.

Tout en bas, grosse comme une armée de jouets, une importante troupe de cavaliers venait de s'arrêter devant les Préhendes de garde. Juste au pied de la tour. Dans la lumière des torches, Blade les vit discuter entre eux de manière animée, avant que des têtes ne se lèvent vers eux.

Tout un bataillon de Préhendes. Blade était certain que l'échalas aux cheveux longs était parmi eux. La chasse était lancée. Persuadés qu'Iphos et Blade détenaient le Grand Secret de la Jeunesse, ils ne les lâcheraient plus.

***

— Tout est prêt. Nous pouvons commencer les essais quand tu voudras.

— Il n'est plus question d'essais, déclina Blade, au bord de la syncope.

Il avait dû soulager Agrab de ses bidons sur le dernier quart de l'ascension et il avait du mal à respirer. Surmontant le malaise qu'il sentait venir, il attira Iphos au bord de la terrasse et lui montra les troupes massées en bas. Le vieux médecin souffla en secouant la tête :

— C'est fichu. Ils seront là dans un moment.

— Pas certain, répliqua Blade. Pourquoi se fatigueraient-ils à monter alors qu'ils sont persuadés que nous devrons redescendre à un moment ou à un autre ?

Dubitatif, Iphos recula pour dire :

— Tu as raison. Plus question d'essais, il faut t'envoler au plus vite.

— Evident. Mais pour aller où ? Ces fichus « messages qui me guideront » tardent décidément à me parvenir.

— Ils viendront, ils viendront ! Et je suis sûr qu'ils émaneront du Grand Maître des Sages en personne. Il t'attend, Richard Blade. Va. Si tu en as la force. Comment te sens-tu ?

— Bizarre, apprécia Blade. Je me sens de mieux en mieux.

— Etrange, dit Iphos, songeur. Avant toi, je n'ai connu aucun cas de rémission aux effets de ce poison. L'explication se trouve peut-être dans le fait que tu viennes d'ailleurs ?

— Peut-être, convint Blade.

Ils gagnèrent le centre de l'immense terrasse où les disciples d'Iphos avaient respecté les instructions de Blade en démontant des planchers de manière à ménager une sorte de fosse profonde de deux étages. Prévue pour gonfler la sphère de toile le plus à l'abri possible des regards d'en bas. Un ballon que les jeunes avaient suspendu dans la fosse, au-dessus de la nacelle dans laquelle les bouteilles de gaz avaient été disposées. Le plus rageant de l'histoire était que tout ce vernis n'allait servir à rien. On ne pouvait plus perdre de temps. Il faudrait donc infiniment plus de gaz pour garder le ballon suffisamment gonflé.

— As-tu des nouvelles des autres jeunes ? questionna Blade.

— Oui. Un de ceux que tu vois a réussi à joindre les survivants au point de contact d'urgence. Une vingtaine en tout. Je préfère désormais les laisser à l'écart. Ils sont en sécurité et n'interviendront au grand jour qu'une fois ta mission réussie. Hélas, la clinique a été mise à sac par les Préhendes, ajouta le vieil homme avec tristesse. Ce sont des bêtes. Il nous faudra beaucoup de temps et de travail pour tout remettre en état.

Blade voulut lui remonter le moral.

— Si ma mission au Greelaandh réussit, dit-il, tu n'auras bientôt plus besoin de te cacher pour soigner tes semblables.

Il fit livrer un gallon d'alcool médical aux Préhendes des étages inférieurs et descendit rejoindre le groupe qui s'affairait autour de la nacelle. Bahar achevait d'y fixer les crochets du filet de cordes destiné à maintenir le ballon en place.

— Tout sera bientôt prêt, assura le jeune homme. Il ne restera plus qu'à gonfler la montgolfière.

Il avait également vu l'armée de Préhendes au pied de la tour et compris l'impossibilité de passer le vernis. Décidément, Bahar était d'une aide précieuse. Blade le remercia d'un sourire, vérifia le bon fonctionnement des détenteurs des bouteilles de gaz et passa leur armement en revue.

Plutôt restreint. Deux glaives, un sabre, deux poignards et deux frondes. Fabriquées selon ses instructions par les jeunes Geronyens. Contre toute l'armée de Geronthe XXXVI et contre son terrible arsenal futuriste. Une gageure. Mais Blade n'avait pas le choix.

Sentant le départ approcher, Avah ne le quittait plus. Dans ses grands yeux mauves, malgré l'expression fière qu'elle affichait ostensiblement, il pouvait lire la tristesse et la peur. Avah méritait mieux que ce départ précipité. Décidé à lui dire la vérité, il l'attira à l'écart et lui avoua :

— Il est possible que je ne puisse revenir, Avah.

Puis il lui expliqua qu'hormis la mort par empoisonnement qui pouvait surgir à tout moment, il y avait aussi ces « retours » translatoires auxquels lord Leighton et son programme DX l'avaient accoutumé. Avah écouta bravement, s'arracha un sourire qui se voulait plein d'optimisme et l'embrassa longuement, passionnément.

On aurait dit qu'elle se noyait.

Quand ils se séparèrent, Blade surprit le regard de Bahar posé sur eux. Confus, le jeune homme lança :

— Tout est prêt !

Son expression était grave et le voyageur interdimensionnel fut à cet instant absolument certain que Bahar était amoureux d'Avah. Blade se promit de veiller sur lui. Blade disparu, Avah aurait besoin de tendresse et de réconfort et Bahar serait peut-être alors le bienvenu auprès d'elle.

— J'arrive, dit-il.

Il sauta dans la nacelle où, sous les regards à la fois angoissés et curieux des Geronyens et d'Iphos, il battit le briquet à pierre et à alcool du vieux savant devant le bec souffleur du tuyau de gaz fixé sous la bouche de la montgolfière. Il y eut un « plouf » et une langue de feu clair cracha son haleine brûlante dans l'ouverture.

Longtemps plus tard, alors qu'une aube crasseuse s'annonçait loin au-dessus de l'immense mégapole, le ballon achevait de se gonfler sous les yeux émerveillés et vaguement inquiets des disciples d'Iphos. Blade lança le moteur électrique fixé au dos de la nacelle et l'hélice en bois de poutre se mit à tourner. Régulièrement, chassant quelques détritus derrière elle.

Ça marchait !

Le vieil Iphos et Blade se regardèrent, se sourirent. Tous deux savaient qu'ils n'avaient que peu de chances de se revoir un jour, mais chacun espérait que la mort n'y serait pour rien. Puis Blade se tourna vers Bahar qui occupait l'avant de la nacelle.

— Prêt ?

Bahar hocha la tête. Alors, Blade coupa les cordes qui les retenaient encore à la tour et la superbe sphère bleue s'éleva lentement dans le ciel grisonnant. Blade espéra très fort recevoir d'urgence les fameux « messages » du mystérieux guide.

Une dernière fois, il avait croisé le regard d'Avah.

Un regard qui souriait... pour ne pas pleurer.

CHAPITRE XVIII

— On n'y arrivera jamais !

Penché sur le garde-fou de la nacelle, Bahar suivait sous eux le lent défilement des damiers successifs gris et noirs de cette mégapole qui semblait ne jamais devoir finir. Le front barré de profonds plis soucieux, c'était à peine s'il se rendait compte depuis le début qu'ils se trouvaient à plusieurs milliers de pieds d'altitude. Blade avait stabilisé le ballon à environ trois mille mètres et malgré de forts courants aériens, il parvenait tant bien que mal à conserver le cap approximatif indiqué par le vieil Iphos. Grâce à un semblant de boussole bricolée l'avant-veille. Seul souci aigu : en trois jours de navigation, les réserves de gaz étaient quasiment épuisées.

Il n'en restait qu'une seule bouteille.

Toujours pas le moindre « message » du mystérieux guide télépathe, et rien à l'horizon qui permette d'espérer atteindre le but avant longtemps. En dessous et partout, toujours le glacis cahotique de la ville, au-dessus, le ciel gris-jaune malsain du jour ou le noir sans étoiles et sans lune de la nuit. Heureusement, les batteries d'Energie Elektra fonctionnaient à merveille et l'hélice propulsait l'équipage à bonne vitesse. Mais s'ils ne trouvaient pas le Greelaandh avant le lendemain soir, ils pourraient dire adieu à la montgolfière.

— Richard Blade !

Bahar désignait une zone de ciel clair tout à coup apparue dans la direction de leur cap. Blade porta sa main en visière, fronça les paupières et secoua la tête, dépité.

— Rien qu'une trouée dans la couche de brume, dit-il.

Déçu, le garçon hocha la tête, mais au lieu de reprendre sa vigie, il parut n'y plus tenir et questionna, gêné et sombre :

— Avah est amoureuse de toi, n'est-ce pas ?

La question ne surprit qu'à demi Blade. En fait, il était même étonné que le jeune homme ait tenu trois jours avant d'aborder ce sujet. Il eut un petit sourire énigmatique, répondit, sincère :

— Je la crois surtout amoureuse... de l'amour.

— Comment cela ? sourcilla Bahar.

— Avah est encore très jeune, expliqua Blade. Elle n'est pas tombée amoureuse de moi, mais plutôt du mystère et de la nouveauté dont mon arrivée parmi vous s'auréolait. D'autre part, elle est bien trop intelligente pour s'être nourrie d'illusions. Elle sait que très bientôt je disparaîtrai d'une façon ou d'une autre.

Bahar buvait littéralement ses paroles. Il marqua un temps pour observer le ciel et reprit :

— Toutes les filles doivent un jour ou l'autre faire leur apprentissage de la vie et de l'amour. Parfois avec l'homme qu'elles garderont, parfois avec un autre. C'est ainsi dans mon monde et je pense que c'est naturel.

— Je le pense aussi, fit Bahar.

Sans transition, il questionna encore :

— As-tu une compagne, dans ton monde ?

Blade sourit.

— Plusieurs, avoua-t-il.

Bahar sourit à son tour et, jugeant sans doute le sujet clos, il reporta son regard vers l'horizon. Blade retourna aux manœuvres de la montgolfière et le temps coula doucement jusqu'à la tombée de la nuit suivante.

La dernière bouteille de gaz était entamée. Ils dînèrent de quelques-unes de ces croquettes dures et fades que distribuaient les Coopératives Alimentaires de Geronya et dont Blade préférait « ignorer » la composition, burent un peu d'eau de pluie et Bahar prit le premier quart. Blade s'enfonça presque tout de suite dans un sommeil lourd et peuplé de cauchemars.

— ...chard Blade ! Richard Blade ! Réveille-toi !

Blade ouvrit les yeux d'un coup, instantanément lucide. Il émergea du tas de sacs qui faisait office de couchette et se redressa pour regarder dans la direction indiquée par Bahar.

— Regarde ! s'exclamait celui-ci. Regarde cette étrange luminescence !

Blade voyait effectivement une zone plus claire dans la nuit sombre. Comme ces halos lumineux qui en rase campagne annoncent l'approche d'une agglomération. Rien à voir avec les lucioles rougeâtres des torches et autres chandelles ou brûlots qui parsemaient le tapis noir de l'immense mégapole, mais c'était encore très loin et cela pouvait être n'importe quoi. Seul indice favorable, cela se situait en plein sur le cap adopté.

— Attendons de voir, tempéra Blade.

Mais il ne se rendormit pas. Deux heures environ passèrent encore. Le halo continuait à grandir. En étendue et en luminosité. La fièvre avait peu à peu gagné le jeune Geronyen qui ne cessait de répéter comme pour mieux s'en persuader :

— C'est le Greelaandh ! Je suis sûr que c'est le Greelaandh !

Ce fut l'aube qui lui donna raison.

Ce fut si soudain, si grandiose qu'ils en restèrent un long moment saisis. Muets, ils contemplaient ce panorama surréaliste où deux univers s'opposaient subitement en deux aplats nets séparés par une large ligne étrangement réfléchissante. Comme une bande d'acier inoxydable horizontale qui se perdait dans les lointains. Deux mondes diamétralement distincts. L'un, gris, noir, cahotique et surpeuplé, venait s'arrêter net au bord d'un autre, qui lui était seulement vert ! Sans miradors, sans murs et sans barbelés.

Comme une falaise qui se rompt au bord de l'océan. C'était à la fois magnifique et inquiétant. Car, bizarrement, la vie semblait également s'arrêter le long de cette ligne. Noir et vivant d'un côté, vert, lisse, beau... et désert de l'autre. Rien que des collines, des pâturages et, au loin, la ligne plus sombre et ininterrompue de ce qui semblait être une immense forêt.

— Fantastique ! s'exclama soudain Bahar. Nous avons enfin trouvé le Greelaandh !

Blade hocha la tête. Ils avaient effectivement trouvé le Greelaandh, mais il se demandait comment la montgolfière allait se comporter au passage à la verticale de ce fameux no man's land brillant comme l'acier. Il se demandait aussi ce qu'il y ferait au Greelaandh. Faute de « message », il y serait aveugle et paralysé.

— Prenons de l'altitude, décréta Blade. J'ignore comment le no man's land est défendu et je préfère prendre certaines précautions.

Il songeait à un champ électro-magnétique hyperpuissant. Le genre de chose capable de réduire instantanément en cendres tout candidat au passage clandestin. Mais comme le principe même de voyage aérien semblait bien être inconcevable à Geronya, les risques de balayage défensif vertical s'en trouvaient d'autant et logiquement réduits.

— Regarde, Richard Blade ! Regarde cette pauvre humanité !

Bahar désignait la marée humaine qui, en ce

point de Geronya semblait si concentré qu'on aurait dit un tapis mouvant. Massés tout le long de cette inviolable frontière, des millions, peut-être des milliards d'êtres désespérés et affamés contemplaient ce paradis vert inaccessible.

Le plus odieux, le plus insupportable des calvaires.

Bien sûr, comme tout au long de cette interminable navigation dans le ciel de Geronya, le ballon bleu avait souvent été le point de mire de toutes les curiosités. Sa piste avait ainsi été « tracée » par des centaines de millions de témoins incrédules et peut-être effrayés. Et Blade se demandait si un comité d'accueil n'était pas en train de les attendre quelque part dans cet univers d'émeraude claire. Car, selon une certaine logique et compte tenu de l'avance technologique qui semblait régenter Greelaandh, il était possible que Geronthe XXXVI connaisse les lois de l'aéronautique. Mais il ne fallait pas songer au pire.

— Attention, prévint Blade. Nous allons passer à la verticale du...

Lui coupant la parole, un formidable tourbillon s'empara soudain de la montgolfière. Bahar qui était penché sur le garde-fou manqua basculer dans le vide. Blême, il s'accrocha des deux mains aux mailles de cordes, adressant un regard éperdu à Blade. Violemment secoué, celui-ci s'était cogné le front à la bouteille de gaz suspendue sous l'ouverture de la toile. Du sang sourdit d'une entaille heureusement peu profonde et il rassura le Geronyen :

— Ça va passer ! dit-il.

Il espérait en effet qu'il ne s'agissait là que des conséquences passagères du fameux courant magnétique dont il supposait l'existence au-dessus du no man's land. Mais un moment plus tard, alors qu'il se redressait en notant enfin une accalmie dans les tourbillons et que le no man's land était déjà loin derrière, la flamme située non loin de sa tête fit entendre un tremblottement inquiétant. Il leva les yeux, nota qu'elle donnait les premiers signes de fatigue. Il ouvrit le détendeur en grand, n'obtint qu'un résultat médiocre et dut se rendre à l'évidence.

Ils n'allaient plus avoir de gaz. Il fallait économiser.

— Nous avons suffisamment d'altitude pour dériver sur plusieurs miles, fit-il savoir à Bahar. L'idéal serait de passer des plaines et de franchir ces forêts.

Mais cela ne résoudrait pas le problème. Toujours aucun « message ».

Bahar était tétanisé. Des plaines, des forêts, il n'avait jamais imaginé de tels trésors. Cela lui faisait un peu peur, mais il sentait au fond de lui qu'il s'agissait de choses merveilleuses et qu'elles étaient en tout cas la base même de la vie. La vraie. Pas celle que lui et les siens connaissaient dans la grisaille et la pourriture de Geronya. Les yeux dilatés, bouche ouverte sur une exclamation qu'il ne parvenait pas à extérioriser, il était fasciné par le spectacle. Ici, même le ciel était différent. Maintenant que cette étrange frontière était loin et que l'horizon où se situait la limite de Geronya s'éclaircissait peu à peu, il avait peine à croire à ce qu'il voyait. Il resta là très longtemps, incapable de bouger, s'emplissant les yeux et tous les sens de cette formidable sensation de liberté, regrettant au fond de son conscient de ne pas vivre ces instants enivrants en compagnie d'Avah. Sous la nacelle défilait à présent un moutonnement vert et il percevait la voix de Blade qui lui disait très loin :

— ... sont des arbres... nécessaires pour l'oxygène, pour l'eau...

Mais Bahar n'écoutait pas vraiment. Les explications, les enseignements seraient pour plus tard. Dans son ivresse de la découverte, il avait même refoulé au fond de lui les incertitudes de l'entreprise. Peu lui importait ce qu'il allait trouver et quels ennemis il devrait combattre. Ici, suspendu entre ce ciel presque bleu et ce sol dont il avait déjà compris la formidable richesse, il se contentait d'emmagasiner les sensations. Le reste, tout le reste, ce serait précisément pour quand il foulerait ce sol inconnu et vaguement redoutable.

Bahar demeura ainsi durant un temps qui lui parut une éternité. En réalité, la formidable découverte de ce monde avait provisoirement arrêté le cours de ses pensées. Quand, beaucoup plus tard, la voix de Blade résonna de nouveau à son oreille, le ciel s'était assombri et il réalisa qu'il avait passé la journée à contempler le lent défilement du paysage.

— ...pare-toi, Bahar !

Cette fois, il réagit enfin. La nacelle du ballon était nettement descendue et il pouvait voir les détails de cette forêt immense qui semblait ne pas devoir finir. Sauf sur la gauche, avec cette faille dans le manteau vert, au fond de laquelle sinuait mollement un long et large serpent beige clair.

— Un fleuve, lança Blade. Il faut en profiter. Les fleuves mènent toujours quelque part.

Il commençait à douter des renseignements fournis par Investigator. Le Projet DX était encore loin d'être infaillible.

De son côté, Bahar n'avait jamais vu de fleuve. Certaines légendes affirmaient qu'il y en avait eu autrefois dans son monde, mais que les hommes de l'époque les avaient tous recouverts ou comblés pour gagner de la place. Comme les océans. Mais Bahar n'avait jamais bien su ce que le mot océan signifiait. Toutes ces choses étaient depuis longtemps perdues dans la nuit des temps.

— Oui, répondit-il. Un fleuve.

Blade était en train de boucler autour de lui les harnais de cette grande voiture pliée et emballée dans un sac qu'il appelait un parachute. La veille, Bahar lui avait demandé pourquoi il n'en avait pas un lui-même et Blade avait souri.

— Nous sauterons en tandem, avait-il éludé.

Bahar préférait ça. Il ne voyait pas très bien ce qu'il aurait pu faire avec ce sac dans le dos.

— Prêt ?

Mais alors qu'il s'apprêtait à sangler le Geronyen contre lui, il ressentit une douleur sourde aux tempes. Il vacilla, crut qu'il s'agissait d'une nouvelle attaque du poison. Mais au même instant, parfaitement distincts des mots emplirent sa pensée.

— *Sois le bienvenu, Richard Blade,* entendit-il nettement. *Je t'attends depuis si longtemps...*

Blade en resta bouche bée.

Le message ! Il recevait enfin le premier message !

CHAPITRE XIX

— *Ne crains rien, Richard Blade. Place tes pas sur mes paroles et ils te mèneront jusqu'à moi.*

Blade ne savait plus depuis combien de temps ils marchaient ainsi dans cette forêt infinie. Depuis le deuxième message de son mystérieux guide qui lui avait commandé de ne prendre qu'un poignard sur lui et précisé où et quand il devait « descendre avec ses ailes de toile », il se sentait dans un état second. Il avait conservé suffisamment de lucidité pour comprendre que son « guide » l'avait placé sous hypnose. Pour mieux le diriger ? Pour mieux l'anéantir ? Tout était possible, car il ignorait précisément tout du Greelaandh et de ce qui l'y attendait. Le message pouvait en effet aussi bien être un piège tendu par Geronthe XXXVI. Pour le savoir, il fallait aller jusqu'au bout. Près de lui, tel un automate, muet et prostré, Bahar marchait au même rythme. Sans Blade qui le guidait inconsciemment, il se serait écorché aux branches.

— *Vois, Richard Blade,* fit soudain la voix. *Ouvre les yeux et découvre enfin la réalité du Greelaandh.*

Blade eut soudain l'impression que « l'occupation » hypnotique de son cerveau s'allégeait. Il releva la tête, battit des cils et s'aperçut avec soulagement qu'ils venaient d'émerger à l'air libre. Droite et rectiligne, la falaise vert sombre était à présent derrière eux. Devant, c'était de nouveau l'immense plaine. Lisse et plate, infinie.

Avec loin devant, planté sur le glacis uniforme de l'herbe grasse, un simple et grand cône transparent comme du verre. Aussi haut que la sinistre tour d'où la montgolfière était partie et dont la base était égale à la hauteur.

— *Ceci est le fief de Geronthe XXXVI, Richard Blade,* reprit la voix du « guide ». *Comme tu peux le constater et contrairement à ce que les ordinateurs de ta dimension avaient interprété, il n'y a personne pour t'arrêter. Aucune armée, aucun de ces monstres hideux qui peuplent les légendes. Geronthe XXXVI est un gérontocrate qui ne gouverne rien. Aucun de ces ploutocrates qui hantent les récits anciens et dont on a dû te parler. Pas de grands prêtres, pas de sorcières. Pas même un seul conseiller. Geronthe XXXVI se contente de régner sur des millions de milliards d'esclaves. Pour les punir.*

— Les punir ?

C'était la première fois que s'ouvrait le dialogue hypnotique entre le « guide » et Blade. La pression sur son esprit étant moins forte, le voyageur interdimensionnel recouvrait peu à peu son libre arbitre.

— *Oui, Richard Blade,* répondit la voix du « guide » dans la pensée de Blade. *Pour punir cette humanité que tu as pu côtoyer au Blaklaandh d'avoir progressivement tout saccagé du monde qui existait avant et dont tu peux voir ici le dernier vestige. Et pour mieux avilir ces milliards d'humains, il les nourrit de la chair de leurs propres enfants. Ces granulés et ces croquettes des Coopératives Alimentaires qu'ils consomment ne sont rien d'autre que de la chair humaine spécialement traitée. Ce qui n'empêche, comme tu as dû t'en rendre compte, qu'ils se dévorent entre eux comme de futurs* Premies.

— Premies ?

— *Il n'est pas encore temps pour toi d'entendre les deux Grands Secrets Fondamentaux, Richard Blade. Mais si tu réussis la mission pour laquelle je t'ai fait venir, je te les confierai.*

— Que dois-je faire ?

— *Rétablir la Vérité Fondamentale, Richard Blade. Et seulement cela.*

— Comment ?

— *Brise le Cône de la Peur et tu le sauras.*

Blade leva un regard incrédule sur le gigantesque cône transparent et questionna :

— Pourquoi l'appelles-tu ainsi ?

— *Le premier Geronthe l'a fait édifier pour ne plus être en contact avec ce monde extérieur qui l'effrayait tant. Depuis, les Geronthes successifs y sont demeurés terrés. C'est de là qu'ils commandent l'Energie Elektra qui protège leur royaume, de là aussi qu'ils dirigent l'organisation des Camps de Procréation et la chaîne alimentaire de la karna humaine.*

Blade fronça les sourcils.

— Tout ceci se trouve-t-il ici ?

— *Par la pensée, tout est partout,* répondit la « voix ». *La pensée est tout. Mais chaque chose en son temps.*

— D'où viennent ces Geronthes ? Qui les désigne ?

— *Il n'y a et il n'y aura jamais qu'un seul Geronthe. Son esprit meurt et se régénère spontanément.*

— En fait, celui-ci est le trente-sixième esprit de l'unique Geronthe qui ait jamais existé.

— *Tu penses juste, Richard Blade. Maintenant, il faut briser le Cristal de la Peur.*

— Est-il fragile, ce cristal ?

— *Très dur, au contraire ! Mais en fixant ton énergie cérébrale et ton regard exactement au premier tiers de sa hauteur, tu peux l'abattre. Car, pendant un instant, je vais libérer vers ton esprit toute ma propre énergie. Tu serviras de relais, car, d'où je suis, il m'est impossible d'agir.*

— Et mon compagnon Bahar, que devra-t-il faire ?

— Rien d'autre que témoigner quand il retournera près des siens. C'est pourquoi je vais maintenant réactiver son esprit.

Le « guide » avait à peine achevé sa phrase que le jeune Geronyen sursauta légèrement. Hébété, il considéra Blade comme s'il s'éveillait d'un profond sommeil, puis il découvrit le décor et Blade le sentit prêt à poser une foule de questions.

— Ne dis rien, ordonna-t-il. A partir de maintenant, ne fais rien d'autre que regarder. Pour témoigner auprès des tiens.

Dépassé par les événements, Bahar acquiesça et la « voix » résonna de nouveau dans l'esprit de Blade :

— *Es-tu prêt, Richard Blade ?*

— Je suis prêt.

— *Alors, approche du Cône de la Peur, arrête-toi à vingt pas seulement de lui et mobilise toute ton énergie sur le point que je t'ai indiqué. Mais attention, Richard Blade ! Il n'y aura qu'une tentative. Si tu échoues, je ne pourrai plus t'insufler d'énergie. Car je l'aurai tout investie dans cette entreprise.*

La « voix » marqua une pause, avant de proposer :

— *Mais si tu réussis, continue à obéir à mes instructions télépathiques. Sans te préoccuper de ce qui se passera. Même si le doute s'insinue en toi quand tu auras investi la place, n'écoute rien d'autre que mes inductions télépathiques.*

Un silence, puis :

— *Obéiras-tu à ma voix de l'intérieur de ton esprit ?*

— Je le ferai.

— *Même si cela te répugne ?*

— J'essaierai.

— *Même si ce que tu vois te semble impossible ?*

— J'essaierai.

— *Alors, quoi qu'il arrive, sache que ma reconnaissance t'est acquise, Richard Blade. Sois remercié pour toutes les humanités, car si tu réussis à briser le maléfice qui pèse sur elles depuis la nuit des temps, elles seront une nouvelle fois sauvées, quels que soient les drames futurs qu'elles rencontreront encore et encore.*

Nouvelle pause, avant que la « voix » du Grand Maître des Sages n'ordonne :

— *Maintenant, va.*

Laissant Bahar sur place, Blade se mit en marche vers le Cône de la Peur. Plus il s'en approchait, plus il prenait conscience de ses formidables proportions. Maintenant, il se rendait également compte de l'épaisseur phénoménale du cristal qui le composait. Impossible à casser. Mais le Grand Maître des Sages lui avait recommandé d'obéir en tout à la « voix » de l'intérieur de son esprit et il allait obéir.

— *Arrête-toi.*

Il était à vingt pas du cône monumental et il avait l'impression qu'il allait être écrasé par sa masse lisse. Mais alors qu'il abaissait le regard, il distingua très loin, au centre du cône, une mince silhouette blanche, immobile, assise sur un socle également blanc. Un homme chétif au crâne lisse comme l'ivoire... qui le regardait droit dans les yeux.

D'un regard si perçant que malgré la distance, Blade en ressentit un vertige.

— *Prépare-toi à recevoir mon énergie, Richard Blade.*

Blade dut faire un effort considérable pour

s'arracher au formidable pouvoir des yeux qui le fixaient. Il porta les siens à la hauteur indiquée par le « guide » et se concentra profondément. Peu à peu, un bourdonnement emplissait sa tête et, au-delà du léger malaise que cela lui causait, il se sentait devenir de plus en plus fort. Presque trop fort. Beaucoup trop fort ! Cela lui faisait mal. Lui donnait envie de crier. De hurler ! Il en tremblait des pieds à la tête et la puissance de son propre regard était maintenant telle qu'il en avait peur. Peur de faire fondre le cristal, peur d'incendier toutes les humanités de toutes les Créations.

— *Maintenant !*

Mais Blade avait oublié. Il ne savait plus ce qu'il fallait faire. Toute cette force brutale était obligatoirement mauvaise et il allait accomplir des actes que sa morale réprouvait.

— *Maintenant, Richard Blade !*

La « voix » dans son esprit s'était faite autoritaire. Presque menaçante.

— *Tu dois obéir, Richard Blade. Tu as pris l'engagement.*

C'était vrai. Il lui fallait respecter sa promesse. Au moins essayer. Alors, concentrant toute cette énergie qui l'effrayait tant dans la fixité de son regard, il ne pensa plus qu'au mur de cristal qui *devait* éclater. Qu'il *devait* anéantir, qu'il...

Cela ne fit d'abord qu'un petit bruit ridicule. Un craquement filé qui passa presque inaperçu dans le souffle frais de la brise qui s'était levée. Puis, comme un barrage qui se rompt soudain, l'immense cône transparent se fendilla de partout, s'ouvrit, explosa en centaines, en milliers de parcelles et d'éclats lumineux. Dans le même temps, le bruit se transforma en un grondement assourdissant et Blade qui avait marqué un recul instinctif s'aperçut qu'il ne risquait rien. Le monument de cristal s'écroulait, éclatait en arrière. Comme si une main géante l'empêchait de tomber de son côté.

Et contre toute attente, toujours assis au centre de l'espace en folie, le petit homme en blanc restait assis sur son socle, fixant toujours Blade de son regard transperçant. Un instant, le voyageur interdimensionnel eut même l'impression de le voir lui sourire.

Enfin, quand tout le gigantesque cône ne fut plus qu'un impressionnant tas de verre pilé, quand le silence se réinstalla sur ce qui restait, la « voix » télépathique ordonna :

— *Avance, Richard Blade. Va rejoindre le Geronthe.*

Lui ! Ce vieillard tout chétif au crâne lisse et au regard si pénétrant ! Le Geronthe ! Il semblait pourtant bien inoffensif.

— *Va, Richard Blade !*

Blade était forcé d'obéir. Il se mit en marche, escalada des monceaux de cristal brisé, foula bientôt un sol en acier brillant apparemment identique à celui du no man's land vu de la montgolfière et s'immobilisa à moins d'un mètre du petit homme chétif. Il y eut un assez long silence, puis, comme si elle avait dû cette fois fournir un effort supplémentaire pour se faire entendre, la « voix » télépathique ordonna :

— *Maintenant, Richard Blade, tu dois tuer le Geronthe.*

— Non !

Blade avait presque crié à l'intérieur de lui-même. Le petit homme chétif en blanc lui souriait maintenant et une expression d'une infinie douceur s'était peinte sur son visage parcheminé.

— *Tu as promis, Richard Blade !*

Blade n'avait pas promis de tuer. Surtout pas ce petit homme qui avait l'air si bon. Si tranquille. Ce petit homme qui ne lui avait rien fait. La « voix » se trompait. Ce petit vieux chétif ne pouvait pas être le Geronthe.

— *Tue-le, Richard Blade ! Tue-le ou toutes les humanités de toutes les Créations seront à jamais perdues !*

— *Cette voix ment,* intervint alors le petit homme en blanc.

Ses lèvres n'avaient pourtant pas bougé, mais Blade l'avait parfaitement entendu. Lui aussi correspondait par télépathie.

— *Cette voix affirme émaner du Grand Maître des Sages, mais c'est celle de la discorde.*

— *N'écoute pas le Geronthe, Richard Blade. Il est le mal et je suis le bien. Il est l'homme et je suis l'Esprit de l'homme. L'homme avilit l'homme, l'Esprit le magnifie !*

— *L'homme et l'Esprit de l'homme sont indissociables. Ils forment un tout capable du pire et du meilleur. Si tu m'assassines, Richard*

Blade, si tu plantes ce poignard que je vois à ta ceinture dans ma gorge ou dans mon cœur, tu auras accompli le suprême sacrilège. Sans en avoir le droit, tu auras décidé du destin de toutes les humanités. Car, sans moi, il n'y aura plus de bien ni de mal. Il n'y aura plus de références et on dira de tout acte vil ou criminel qu'il est bien. *Ce serait pure folie, Richard Blade. Pure folie !*

— *Ne l'écoute pas ! Le mal tue le bien !*

— *Et le bien veut tuer le mal !* renchérit la voix du petit homme. *C'est pourquoi depuis toujours les Geronthes s'isolaient dans ce Cône de la Peur ! Parce qu'ils avaient peur. Peur du bien !*

— *Je suis le bien et j'ai peur du mal. C'est le mal qui fait le mal. Le bien ne fait que le bien !*

Blade aurait sans doute pu devenir fou à entendre ces deux voix essayer tour à tour de le convaincre. Mais soudain, alors que bizarrement la « voix » du Grand Maître des Sages et celle du Geronthe s'étaient élevées simultanément, il avait tout compris.

Le Grand Maître des Sages et le Geronthe n'étaient qu'*un*.

Tout devint soudain clair dans son esprit et un sourire naquit sur ses lèvres. Les ordinateurs du Projet DX, Investigator, lord Leighton, J et lui-même avaient failli se faire posséder. Par le bien... et le mal. Le bien et le mal qui les avaient tous deux appelés à leur secours respectif. Chacun ayant caressé l'idée de régner en maître unique.

— *Je vois que tu as compris, Richard Blade,* dit alors doucement le petit homme. *Je suis à la fois le Mal et le Bien.*

Il avait la « voix » du Grand Maître des Sages et c'était normal. Puisqu'il était *lui.* Il sourit à Blade, se leva du socle sur lequel il était assis et, quittant ce qui avait été le Cône de Cristal, il entraîna Blade en déclarant d'un air las :

— *J'aurais tant voulu que tu me tues. Je veux dire, moi, le Mal. Enfin !*

— Tu sais bien que c'est impossible.

— *Sans doute, sans doute. Mais nous sommes las de ce duel incessant entre nos deux Moi. Nous sommes fatigués de voir des Blaklaandhs gris de crasse et rouges de sang côtoyer des Greelaandhs éclatants.*

— Il suffit d'abolir cette frontière entre ces deux mondes, fit observer Blade. Ainsi, l'humanité de Geronya aurait une chance de se reprendre.

Le petit homme laissa échapper un ricanement.

— *Tu as raison, Richard Blade. Je vais tout remélanger. Je vais redonner aux anciens ce désir inconscient de mourir qui doit animer toute vie. Je vais cesser de régenter. Je vais les laisser responsables de leur destin.*

Il ricana encore.

— *Ils vont souffrir différemment. Ils vont se faire souffrir eux-mêmes. Le Mal n'y sera plus pour rien.*

C'était bien le Mal qui parlait. Blade questionna :

— Le bien et le mal, c'est ça, les Deux Secrets Fondamentaux ?

Le petit homme lui lança un regard aigu.

— *Tu as deviné. Sans eux, pas de* vraie *humanité.*

— Et... et cette humanité hideuse de Geronya était censée me décider à te tuer, toi, le Mal ?

— *C'est exact. Car le Mal ne peut tuer lui-même le Mal.*

Alors, Blade posa la question pour laquelle le Projet DX l'avait envoyé dans cette épouvantable dimension. Une question dont la réponse pouvait tout changer dans sa propre dimension. Mais il avait déjà deviné la réponse :

— Geronya, dit-il, ce monde épouvantable, cette préfiguration de toutes les humanités à venir, c'est bien ma propre dimension ? Celle d'où je viens, et qui sera notre avenir, n'est-ce pas ?

Long silence, un nouveau ricanement du Mal accompagna un gémissement simultané du Bien.

— *Réfléchis au poison qui aurait dû te tuer, Richard Blade,* répliqua le Mal. *Réfléchis et tu comprendras la raison qui t'y a fait survivre.*

D'abord, Blade ne comprit pas, puis, d'un coup, l'évidence le frappa. Incrédule, il hasarda :

— Si le poison ne m'a pas tué, c'est... c'est que mon organisme est plus résistant que ceux des Geronyens. Beaucoup plus résistant !

Le Bien se tut, le Mal ricana de nouveau.

Catastrophé, Blade conclut alors d'une voix atone :

— Cela signifie que cette dimension hideuse est bien la nôtre, mais qu'elle est... antérieure à la mienne ! Je viens de vivre non pas notre après, mais notre... *avant* !

Le Bien gémit de nouveau, le Mal s'étrangla de rire. Après s'être calmé, ce dernier avoua :

— Tu as tout compris, Richard Blade ! Comme tu as sans doute déjà deviné que moi, le Bien et le Mal, je suis le Premier.

Blade avait l'impression de devenir fou.

— Le Premier... Humain ?

Le Bien soupira, le Mal esquissa un rictus en accrochant son regard à celui de Blade pour déclarer :

— *Exactement, Richard Blade. Je* suis *le premier. Et cette humanité de Geronya est la Première de toutes. L'ébauche. L'essai,* dit-il plus doucement encore. *Et comme je suis le Bien et le Mal, cette société issue de mon modèle est également le bien et le mal. Malheureusement, contrairement à la valeur de référence en équilibre parfait que j'incarne pour elle, le mal y prédomine largement. C'est pourquoi le Mal que je suis s'évertue à la punir, tandis que le Bien cherche au contraire à infléchir le processus. Malheureusement, je ne suis que le modèle. L'épure. Mes pouvoirs sont limités. Je ne peux que donner libre cours à mes instincts propres.*

Il soupira.

— *Rien d'autre. Et puisque tu refuses de tuer mon Mal, cette humanité suivra donc l'évolution qu'elle s'est choisie. Elle-même n'est que le modèle de toutes celles à venir. Y compris la tienne,* sourit mielleusement le Mal, tandis que les yeux du Bien s'embuaient. *Et puisque le poison des Préhendes ne t'a pas tué dans cette Première Humanité, puisque te voilà redevenu jeune et plein de santé, tu verras tout cela.*

Contrairement à ce que le Bien et le Mal affirmaient, Blade recommençait à se sentir malade. D'angoisse. Etait-il possible qu'il ait vraiment ce terrifiant pouvoir de décision ? Pouvait-il, d'un simple coup de poignard, abolir le mal et en prémunir les humanités à venir ?

— *Songe, Richard Blade,* reprit la voix douce du Bien et du Mal, *songe que pour ton monde, pour ces Premies, ces premiers humains de ta future dimension, la Geronya que tu as vue, cet univers apocalyptique des mégapoles, du noir, du sang et de la karna humaine pour seule nourriture, c'est pour bientôt.*

Il observa un court silence recueilli, répéta :

— *Très bientôt. Hélas... hélas... hélas... hélas...*

Dans l'esprit de Blade, tout se mélangeait soudain. Une autre forme de malaise l'avait saisi. Il entendit une voix s'élever dans son dos qui criait :

— Tue le Mal, Richard Blade ! Sinon, c'est moi qui le ferai !

Bahar ! Blade l'avait presque oublié. Mais le Mal ricanait maintenant sans discontinuer.

— Non, non, jeune Geronyen impétueux ! Non, seul Richard Blade était missionné pour le faire. Toi, tu ne peux, tu ne pourras jamais rien contre le Mal. A peine si comme tes semblables, tu pourras de temps à autre te rebeller contre quelques-unes de ses manifestations. Tu commettras alors ce que les Premies appelleront une action charitable et tu t'en satisferas volontiers. Parce que tu n'auras pas le moyen de faire mieux. Tu ne peux rien d'autre que retourner vers les tiens si je t'y autorise. Dès lors, tu auras tout oublié de ce qui se passe en ce moment. Absolument tout.

Nouvelle plainte du Bien, nouveau ricanament du Mal.

— Va Geronyen, grinça le Mal. Va et vis médiocrement de bien et de mal. Va, et contente-toi de n'être que le prédécesseur de ton successeur... cesseur... seur...

Le vertige de Blade augmentait. Un vertige qui n'avait rien de commun avec les effets précédents du poison. Il le sentait, en était convaincu. Ce maelström infernal qui l'emportait inexorablement, Richard Blade le reconnaissait.

Le Programme DX.

La translation du retour. Le fulgurant voyage dans le temps et l'espace. Blade retournait dans son monde, dans sa dimension. Il y retournait porteur d'une effroyable information.

Un jour, sa dimension s'appellerait Geronya...

Et elle serait hideuse.

Achevé d'imprimer en mai 1989
sur les presses de l'Imprimerie Bussière
à Saint-Amand (Cher)

— N° d'impression : 8213. —
Dépôt légal : juin 1989
Imprimé en France